On ne Tue pas un Cheval Blessé.

... Sur la Mort de la Raison et de l'Humanité...

This is a work of fiction. Similarities to real people, places, or events are entirely coincidental.

ON NE TUE PAS UN CHEVAL BLESSÉ

First edition. May 13, 2024.

Copyright © 2024 Laurent Sueur.

ISBN: 979-8224205202

Written by Laurent Sueur.

A la mémoire de Marie,
d'Arnaud

et de tous ceux qui ne
méritèrent

ni leur vie,

ni leur fin.

Chapitre I :

LA PATINEUSE
SAIGNE.

JE METS LA CLEF DANS la serrure ; je tourne deux fois à gauche ; la porte s'ouvre sur mon appartement qui, comme d'habitude, est obsessionnellement propre : le parquet est impeccablement ciré, les meubles ont été époussetés, les vitres et le carrelage nettoyés et rien ne vient perturber cette image étincelante de l'hygiène triomphante. Je me dirige vers le meuble du salon où sont rangées mes chaussures. Je prends mes pantoufles dans le tiroir du haut et je mets à la place mes chaussures de ville ; il faudra que je pense à les cirer pour demain. Une odeur flotte dans tout l'appartement : c'est un savant mélange de musc, d'ambre, de muguet, de vanille et peut être de santal. L'odeur est loin d'être désagréable mais il faudra, tout de même, que je change de marque tant il est vrai que ce parfum d'ambiance ne sent pas assez la propreté : il est trop lourd et trop féminin, trop présent et trop écœurant. Le prochain sera mentholé.

J'entre dans la salle de bains. Je suis déjà déshabillé. L'eau tiède coule dans la baignoire ; je me savonne ; je me rase en utilisant la pomme d'arrosage comme miroir : je me suis coupé. Je m'essuie ; le téléphone sonne ; je ne réponds pas : il est hors de question de faire des tâches d'eau sur le parquet car mon emploi du temps est à ce point chargé que tout contretemps m'oblige à me presser, à rompre la chaîne d'une habitude qui fait semblant de me rassurer. Cette routine m'étouffe, mais cette routine c'est moi ! Je m'étouffe, je ne me suis jamais supporté bien longtemps. D'ailleurs, n'avais-je pas tout préparé pour que ce face à face perpétuel entre moi et moi-même ait une fin ? J'avais soigneusement réduit le nombre des miroirs, objets conduisant souvent à une sotte admiration de soi-même ; je n'avais laissé que le plus usé, le grand de la salle de bains avec son teint oxydé qui ne permet plus guère que de réfléchir imparfaitement l'image d'une personne qui continue à vérifier la longueur d'un ourlet de pantalon, les plis d'une chemise, la silhouette générale d'une ombre assez sûre d'elle-même pour ne s'être jamais contemplée, même à son âge, l'âge des cheveux blancs, des rides profondes et des chairs avachies. Même jeune, je ne m'adonnais que très rarement à l'irréligion des apparences car seules les choses de l'esprit traversent sans trop d'altération la vie d'un homme alors que la viande se corrompt vite, très vite. Quant à la chambre toujours fermée, elle aurait dû accueillir un enfant, la vie, pas le reflet de soi-même mais bien un tiers, quelqu'un d'autre, un être que l'on attend avec impatience tous les jours, que l'on conseille, que l'on aide à devenir lui-même et pas un reflet plus ou moins exact d'une réalité parentale trop classique, trop présente, trop homogène. On ne doit pas modeler les enfants comme les jardiniers le font avec des arbres qu'ils palissent à l'aide de fils de fer ou de cuivre : certes, les branches suivent très exactement le trajet que l'on désire mais leurs pommes et leurs poires ne sont ni les plus belles ni les meilleures. Surveiller, éduquer, conduire ne sont en rien des synonymes de diriger ou d'opprimer. J'ai vu trop d'enfants corsetés par l'insidieuse volonté de leurs parents tenter vainement d'intérioriser leurs rancœurs vis-à-vis de ces adultes sans amour et finir par reporter leur haine désespérée et justifiée sur un professeur, triste sire inconscient qui, d'ordinaire, ne perçoit jamais les brumes qui hantent les esprits de ces êtres inconnus : les élèves. Comment, d'ailleurs, pourrait-il être conscient puisqu'il est lui-même à ce point dégradé moralement qu'il prend un malin plaisir à se battre avec eux : laissons donc les pervers s'entretuer et espérons qu'ainsi leur race maudite s'éteigne.

J'avais donc décoré la chambre de l'enfant sans sombrer toutefois dans la mièvrerie de ces décorateurs furieusement agités qui vomissent du rose et du bleu non seulement sur les murs mais même sur les meubles, le linge de toilette, les draps, la moquette ; généralement, seul le plafond échappe à cette débauche rose-bonbon ou bleu-lavande ! J'avais préféré peindre les murs dans un orange très léger ; les rideaux et le dessus de lit étaient d'un bleu extrêmement foncé illuminé par un motif de petites étoiles dorées et argentées. L'armoire était encastrée dans le mur et des portes coulissantes blanches devaient cacher ce qui aurait bien pu ressembler à du désordre. A droite de la fenêtre, j'avais disposé un bureau, en if, assis sur des colonnettes, en merisier, dont les pieds de bronze étaient en forme de pattes de lion. La chaise de velours vert-tilleul était assortie au-dessus de cuir émeraude du bureau. La chambre resta toujours vide, attendant pathétiquement son occupant. De toutes manières, cet appartement, dans sa totalité, est en attente de quelque chose ou plutôt de quelqu'un ; il n'est pas absolument sans vie puisque ma présence dérange à peine son élégance froide et ordonnée, mais l'imprévu, l'exubérance de la vie sont cruellement absents.

Je m'allonge sur un lit devenu trop grand, trop vide : ma femme est morte il y a bien des années et, bien que très effacée, elle décorait tout de même cette chambre de sa présence discrète. Il reste quelques souvenirs d'elle, comme des fleurs séchées et une photographie de notre mariage : ce ne sont plus que des souvenirs qui s'effritent et se décolorent. Si les reliques de cet amour discret font triste mine, rien n'altérera jamais dans ma mémoire son visage angélique et sa démarche aérienne de patineuse. En attendant que mon dîner chauffe, je fais défiler les chaînes en appuyant sur une touche de la télécommande. J'ai l'impression de voir le monde depuis mon lit mais ce n'est bien qu'une impression car si les idiomes se mélangent aux documentaires géographiques, la superficialité des programmes nous condamne à contempler l'étoffe de notre siècle sans le voir enfin nu, tel qu'il est lorsque déshabillé de ses mensonges il n'arrive plus à se cacher. Je vais dans la cuisine. Ma soupe lyophilisée est prête ; je la verse dans un bol de faïence ; j'ajoute un peu de beurre. Placée au centre d'un plateau, le bol côtoie une cuillère, un pamplemousse, un morceau de comté et un verre rempli d'eau pétillante. Je pose le plateau sur mon lit et je commence à manger le potage en regardant les images colorées qui défilent sur mon écran. Que regarder ce soir ? Le canal 31 est à éliminer d'office car mon œil ne peut pas supporter des films en noir et blanc : n'ai-je pas été élevé dans la magie du technicolor ? Je recule d'une chaîne : ce film d'horreur me terrifie bien moins que la réalité ! Sur la 5 un comique n'arrive même pas à s'amuser lui-même alors que la 8 nous endort avec une série sur des adolescents au vocabulaire appauvri mais terriblement bien élevés : le scénariste, déçu par ses propres enfants, essaie de les réinventer en s'attardant sur la forme, ce qui l'amène à négliger totalement le fond. La 13 nous balance un vidéo-clip des années 80 où un artiste déguisé en pop-star (pantalon zébré, T-shirt pailleté, maquillage forcé, mèche permanentée) remue sur une mélodie simpliste heureusement dynamisée par un tempo lourdement marqué. Sur la 15 on retransmet les championnats du monde de culturisme ; la 17 nous apprend comment les abeilles font du miel et la 24 informe les téléspectateurs de langue anglaise de l'actualité du monde. Rien ne me satisfait. Mon dîner est fini ; je fais la vaisselle. Je me lave les dents ; je programme mon réveil sur 7 heures ; j'éteins la lumière. J'essaie alors de m'endormir.

Il n'y a plus aucun son qui vienne troubler la tranquillité de l'appartement : la rue est calme, les voisins doivent être couchés eux-aussi ; le moteur du réfrigérateur vient me contredire mais ce n'est pas à proprement parler un bruit car bercé par ce ronronnement mon esprit s'oublie progressivement. Je me retrouve dans le lit ; il fait chaud : j'écarte les draps. Je ne bouge plus. Des images donnent alors naissance à ce qui doit être un rêve. Je vois des couleurs et des ombres, cependant, le tout est encore entouré d'une épaisse brume opalescente. Le brouillard se disperse peu à peu. Un homme nu est agenouillé ; il courbe le dos ; ses mains et ses pieds sont attachés. Il ne bouge pas. Je me dirige vers lui. Je le contourne. Lui faisant face, je lui soulève la tête de la main droite ; nos regards se croisent : l'homme à terre me ressemble mais il est comme inanimé. Alors tout mon corps se rapproche irrésistiblement du sien et finit par se laisser emprisonner par cette écorce qui se révèle être un univers de douleurs morales et physiques dont on ne peut s'échapper. Je souffre et je ne peux rien faire pour arrêter cette douleur que je n'arrive pas à identifier. Il y a, certes, ce sentiment de froid extrême qui m'étreint, de même que les liens qui brûlent mes chevilles et mes poignets mais un malaise vertigineux questionne également mon humanité : je pleure et je ne sais pas encore pourquoi !

L'atmosphère est maintenant débarrassée de toute trace de brouillard. Le soleil brille tellement qu'il décolore le ciel. Un faucon tournoie dans l'azur ; il a repéré une proie ; il fond sur elle, la tue, l'avale, s'envole et disparaît. Je suis placé sur un monticule situé au milieu d'une plaine à peine recouverte d'une végétation rabougrie. Il y a un bosquet d'oliviers à quelque distance d'ici et des lavandes fleuries égaient ce paysage rocailleux. J'entends maintenant le son de deux flûtes jouant exactement le même air bien que manifestement les deux musiciens soient assez éloignés l'un de l'autre ; je dirais même qu'ils sont dans deux endroits opposés. Je tourne la tête à droite et j'aperçois une ligne de guerriers marchant en rythme. Puis c'est bientôt une autre ligne qui apparaît ; d'autres viennent encore à leur suite. Je tourne la tête à gauche : l'armée adverse avance avec la même détermination. Il va y avoir la guerre ; des hommes vont mourir ; des femmes et des enfants pleureront leurs pères, leurs frères, leurs maris, leurs fils, leurs parents disparus pour un mensonge. N'y-a-t-il jamais eu de guerre déclarée pour l'unique motif qui ensanglante la monde ? Un général a-t-il jamais osé avouer que l'unique but d'une guerre est le plaisir de tuer pour se prouver que par la destruction d'un ennemi à peine réel on se met faussement à l'abri de ce que l'on croit être son désir d'anéantir la terre entière ? Alors on déguise cette terreur consciente mais incomprise, on s'invente des raisons de haïr et d'exterminer l'humanité et on finit par se suicider car cet être que l'on tue est une réplique dangereusement proche d'un soi-même dont on a du mal à définir les contours. Quelle est donc la raison qui va te pousser à te battre contre toi-même sous ce soleil éclatant ? Je devine qu'il s'agit d'un différend à propos d'un territoire. Je regarde cet aigle qui survole le champ du désespoir, les singeries des haruspices et des augures, la lance qui se plante dans le sol et le blesse. Aujourd'hui n'est pas un bon jour pour mourir. Ils sont trop inconscients. Je me cabre et j'essaie de hurler mon désespoir mais aucun son ne sort de ma bouche. Ils se font face. Ils sont tellement proches de moi que je perçois leur odeur, leurs murmures, leur jeunesse. Des flèches déchirent l'air : je reçois la première. Une lance blesse un homme : je ressens sa douleur. Une épée coupe une main : ma main saigne. Chaque coup infligé s'inscrit dans ma douleur. Je souffre. J'aimerais leur enseigner ce tragique sentiment qui révèle l'inutilité d'une conduite atrocement banale. Né à la fin du vingtième siècle, une époque durant laquelle toute l'horreur destructrice d'une sauvagerie malheureusement soutenue par une technologie définitivement efficace, je me suis souvent interrogé sur la nature belliqueuse de l'histoire de l'homme, du tueur. Pendant des années, j'ai tourné les pages du livre de sa vie et j'ai bien vite compris que ce que l'on nommait histoire n'était qu'un agencement superficiel fardant à peine sa nature profonde : les humains s'entre-tuent depuis le début de leur aventure morbide et peu de spécialistes de ces choses ont osé ranger cette conduite dans l'anormalité. Quelques psychiatres ont bien essayé d'employer des mots savants décrivant des maladies plus ou moins définies par la pression d'une société cherchant à se protéger, mais celles-ci étaient tellement répandues qu'elles ne pouvaient décidément pas être regardées comme anormales. Exceptionnelles, on aurait pu les isoler, courantes, on les laissa détruire ce qui restait de gracieux dans la civilisation ; la norme guerrière assassina la compassion et la raison, deux qualités exceptionnelles, et donc anormales. Cette expérience acquise grâce à la connaissance me fait me sentir vieux, vieux comme un homme qui, né au début des temps, a vu se former la terre et les océans, a assisté à l'apparition de la vie, s'est battu pour survivre. J'ai tué un bison en Dordogne, semé du blé dans la vallée du Nil, tissé la soie en Chine, combattu un lion dans une arène romaine, envahi l'Angleterre avec les Normands, imploré la pitié des conquérants espagnols, ramassé du coton en Géorgie, entendu les coups de fusil qui tuèrent les communards et les cris des habitants de Brest, disparaissant sous une pluie de fer, de feu, d'acier, de sang. Je n'ai plus d'âge.

La bataille fait rage. J'assiste au début et à la fin du monde sans pouvoir agir : je subis les outrages de la fatalité. Au milieu de cette furie, un soldat se détache singulièrement : il semble être beaucoup plus jeune, plus apeuré et plus perdu que les autres. Il me regarde. Je murmure : "détache-moi". Il m'entend. Il s'approche alors de moi, saisit son glaive et coupe enfin les cordes. La douleur m'empêche de me lever mais je peux quitter cette posture qui l'accroît ; je me laisse rouler sur le dos et je reste allongé sans pouvoir réellement bouger. Je suis couvert de sang : du mien, du leur. Son visage se rapproche de mon oreille droite ; il me demande qui je suis, d'où je viens, si je vais bien. Respirant mieux, je lui réponds : "je suis moi, je viens du néant, j'ai l'impression de tomber : retiens-moi". Il se satisfait de la réponse, s'assied à ma droite, pose sa main sur mon épaule et me parle.

- Je suis né à Athènes de père citoyen et de mère fille de citoyen. J'ai seize ans : j'ai falsifié mon âge pour pouvoir m'inscrire sur la liste des dèmes et faire la guerre contre les Romains. J'ai été élevé dans la crainte des dieux et le respect des lois de ma cité. J'ai juré de rendre à mes aînés une patrie non pas diminuée mais agrandie. J'ai peur de mourir et de ne plus croire en ce que m'a enseigné mon père. Aide-moi.

J'inspire profondément et je lui demande :

- Pourquoi te bas-tu ?

- On m'a dit qu'il fallait se battre contre les Romains.

- Pourquoi les Romains sont-ils venus ?

- Il paraît que les Grecs ne pouvaient pas s'entendre entre eux. Depuis des années ils se battaient, cherchant à réunir des territoires ; alors une cité appela les hommes du Latium qui finirent par venir arbitrer nos différends de plus en plus souvent. Aujourd'hui c'est l'ultime bataille pour sauver la liberté des Grecs.

- De quelle liberté me parles-tu ?

- De celle qui me permet de prendre mon destin entre les mains et d'en faire ce que je veux.

- Ta liberté n'existe pas car la société dans laquelle tu vis te conduit insidieusement à travers les chemins qu'elle a creusés et ne permet pas qu'un des siens puisse s'en écarter. Tu n'es pas maître de ton destin : tu fus conçu aux dépens d'une femme, tu t'es battu contre la nature lors de ta naissance, tu as grandi en singeant la guerre, puis vint ce jour où tu finis par la vivre. Aujourd'hui, tu ne sais plus pourquoi tu tues un semblable avec une épée et ta femme lorsque tu dénatures l'amour. Vous autres, vous ne savez pas ce que considérer quelqu'un à sa juste valeur veut dire. Vous rabaissez les êtres ou vous les divinisez. Que ce soit du mépris ou de la vénération, le sentiment que vous ressentez n'est pas celui que recherche l'être humain : il veut être apprécié pour ce qu'il est, ni plus, ni moins. Vous périrez bientôt et votre mort ressemblera à votre histoire, à votre civilisation perverse : vous mourrez dans la violence d'une bataille sans propos, pour rien ou si peu. Les plus chanceux d'entre vous seront réduits en esclavage par les vainqueurs et, finalement, les pieds enchaînés ou la tête courbée devant le maître, vous apprendrez enfin la liberté, la possibilité de vivre hors de cette fatalité : la destruction.

Le regard de l'adolescent se vide de la haine du tueur mais aussi de l'espoir de l'enfant qui croit pouvoir conquérir ce qu'il s'imagine être l'écoumène de ses désirs.

- Je déposerai alors les armes et je me rendrai à ceux qui ne sont pas forcément mes ennemis. Je deviendrai un esclave mais je resterai un homme. J'obéirai à mes maîtres et je creuserai le sillon qui les fera vivre. Je ferai ce choix définitif et infamant au regard de la culture de mes pères mais cette servitude sera guidée par ma volonté libérée.

Ma douleur s'apaise. Le soleil se couche. Le ciel change de couleur. Les Romains ont gagné et je détourne les yeux du champ de bataille. Le jeune homme sera peut-être un jour affranchi, mais retournera-t-il à Athènes ? La lumière baisse de plus en plus ; la douleur physique qui m'enveloppe se dissipe peu à peu tandis que le vertige moral qui m'habite ne semble pas devoir s'amender. Je réussis enfin à me lever. Il fait presque nuit et j'erre sur le champ de bataille abandonné par les hommes et délivré de leur sauvagerie. Les pierres n'ont pas bougé ; les lavandes sont toujours là, de même que le bouquet d'arbres. Les Romains et les Grecs ont déjà enterré leurs morts. La terre absorbera vite le sang versé aujourd'hui et rien ne rappellera bientôt la bataille. J'aperçois une tunique volant avec les herbes folles : je la saisis ; je l'enfile rapidement car il commence à faire froid.

Je me mets ensuite à marcher sans savoir réellement où aller si ce n'est vers un deuxième rêve car ma nuit est loin d'être terminée. Je débouche alors sur une autre plaine mais tellement plus vaste que la précédente. La lune diffuse maintenant une douce lumière d'un jaune légèrement argenté, ce qui me permet de découvrir le paysage nocturne qui s'épanouit devant moi : les arbres se reposent de leur journée et entourent une clairière où les herbes se mélangent aux coquelicots. J'entends des chuchotements : je me dirige vers eux. Je me cache derrière un arbre et je regarde alors une scène très insolite : près d'une mare, des iris conversent avec des coquelicots. Ils s'arrêtent brusquement : ils m'ont vu. Un iris violet m'interpelle :

- Approche, nous ne craignons que les animaux que l'on nomme êtres humains.

- Mais je suis un des leurs.

- Non, tu n'es que leur souvenir, la conscience de leur cruauté. Tu ne peux pas, comme eux, vouloir nous piétiner sans cesse en détruisant ainsi la beauté, la fragilité et la vie. Sache que depuis quelques années, notre vallon est le théâtre de luttes incessantes entre les Français et les Anglais : le roi d'Angleterre ne veut pas être le vassal du roi de France et entend bien conserver ses propriétés dans le royaume, si ce n'est devenir le souverain de ce qui en restera.

- La guerre a-t-elle dévasté à ce point la France ?

- Oui, mais accompagnée de la faim, du froid et de la maladie, elle a causé avec ses consœurs un dommage encore plus irréparable : l'espoir est décédé. Dans l'âme des hommes, l'espoir s'est mué en une terre stérile : les arbres sont morts brûlés, les cadavres des pestiférés jonchent le sol et se putréfient, des pénitents se flagellent pour expier leurs fautes, des prêcheurs annoncent la fin du monde. A quoi bon continuer à vivre dans cette apocalypse ? Les fleurs n'ont pas leur place car le monde est à ce point noir qu'aucune de nos couleurs ne pourra jamais l'égayer : la nature n'espère plus, elle non plus. Nous allons mourir cette nuit afin de ne pas avoir à regarder impuissantes l'homme cultiver le malheur. Demain, sur cette plaine, des chevaliers se tueront mais, cette fois-ci, la beauté, la fragilité et la vie des fleurs ne seront pas fauchées par leurs épées.

Dans l'auditoire, des murmures s'élèvent : l'iris violet a exprimé la pensée des fleurs de la clairière. J'aimerais les dissuader mais leur position est, hélas, absolument justifiée. Les murmures se font plus bruyants. Elles attendent toutes quelque chose de ma part, que ce soit un acquiescement ou autre chose, mais nous savons tous que le drame ne pourra pas être évité : mon rôle ne sera que d'adoucir leurs derniers instants.

- De toutes manières, si vous attendez jusqu'à demain, vous serez toutes piétinées par les sabots des chevaux, et celles qui échapperont à ce premier massacre seront impitoyablement écrasées par les pieds des fantassins ou le corps des soldats morts tombant sur le sol. Vous mourrez sans avoir été remarquées : le rouge si joyeux des coquelicots sera masqué par le sang des blessés et personne ne pensera à respirer l'odeur délicate des iris. Redressez-vous donc et exprimez dans la mort votre beauté.

Les habitantes de la clairière commencent à se redresser. Le vent se lève ; il souffle fort et déshabille les fleurs qui s'oublient dans une ultime extase. Des milliers de pétales d'Iris et de Coquelicots s'égayent dans les airs avant que de se noyer dans l'onde réchauffée par ce spectacle éblouissant. J'entre dans l'eau. Ma tunique change progressivement de couleur. Je sors de l'eau ; le vent me sèche ; le soleil se lève ; je sens l'iris et mon vêtement est désormais violet.

J'escalade la colline ; j'entre sur les terres d'un grand domaine : des cannes à sucre ondulent au gré du vent. Des coups secs parviennent à mes oreilles mais je ne distingue encore rien car la végétation est dense. Un homme surgit de là et court vers moi : il est noir, vêtu de guenilles, haletant, terrifié. Il semble vouloir fuir quelque chose de monstrueux, mais quoi ? Maintenant, des chiens me bousculent ; ils reniflent le sol et recherchent indubitablement l'homme au corps et à l'esprit aux abois. Les suivant de près, des chevaux galopent dans la même direction. Ils sont montés par des hommes blancs extrêmement tendus. Ce sont eux qui sont à l'origine de cette sinistre chasse à courre où l'homme remplace le cerf. Un cheval vient de se blesser légèrement : il s'est tordu une patte arrière en s'enfonçant dans le sol boueux. Il boite quelque peu, ce qui a pour résultat de mettre son cavalier dans une fureur démoniaque, et cela d'autant plus qu'il ne pourra pas suivre les autres et être présent lors de la capture du fugitif. Quelle jouissance de sentir sa force bouillonner lorsque l'objet de sa haine vient à s'abandonner dans les serres du prédateur. C'est un moment fugace de toute-puissance dont on se souvient longtemps et que les plus sauvages des êtres humains cherchent continuellement à éprouver jusqu'au jour où ce sont eux qui deviennent les proies tremblantes périssant étranglées par le serpent qui les étouffe. Ses camarades en barbarie l'ont laissé seul. Il cravache l'animal qui essaie comme il peut de se dégager du bourbier qui l'avale. Il tire avec violence sur les rênes : le cheval courbe l'échine et s'arrache enfin à sa prison de terre. Le cavalier remonte dessus mais le cheval répond lentement à ses ordres. Excédée, la brute humaine saute à terre et de sa main, gantée de cuir, dégaine un pistolet à deux coups. Il appuie une fois sur la gâchette ; l'animal ploie sous son propre poids ; il appuie une deuxième fois : l'innocence et la docilité sont injustement abattues.

- Monsieur le comte, nous n'avons pas réussi à capturer le fugitif.

- Les autres nègres paieront, qu'ils soient de sa famille ou non. Qu'on commence donc par les réunir.

Tous les rabatteurs sont maintenant de retour de la chasse. A l'aide de leurs fouets et de leurs hurlements, ils réunissent les esclaves noirs occupés à couper la canne. Le maître fait son discours.

- Dieu vous a fait naître inférieurs ; inférieurs à l'homme blanc par vos tares physiques et morales, il vous a privé d'âme. Tels les animaux, vous devez une obéissance aveugle à vos maîtres bons en tous points parce qu'ils consentent à vous nourrir et à vous faire vous reproduire. Il est dans l'ordre des choses que cela soit et demeure ainsi jusqu'à la fin des temps. Quelle nature monstrueuse devez-vous avoir pour ne serait-ce que concevoir que vous puissiez vivre libres ! Seuls les esprits les plus abâtardis peuvent envisager ce qui est contre les lois de dieu et de son émanation : la nature. Dorénavant, et jusqu'à nouvel ordre, vos rations alimentaires seront réduites de moitié ; un acte de désobéissance sera puni de cent coups de fouet et c'est la mort par écartèlement qui punira ceux et celles qui tenteront de fuir ce qui a été établi avant moi et qui restera après.

Dans l'auditoire, aucune velléité de rébellion ne vient perturber le silence. Les têtes des esclaves sont baissées, de leurs épaules lacérées perle le sang mais dans un endroit de leur esprit une ombre court vers la liberté qu'ils n'ont jamais connue. Aujourd'hui, ils paient très cher la conduite d'un des leurs mais l'injustice aura beau s'abattre sur leurs épaules, l'espoir d'un sort plus enviable les maintiendra en vie. Les fouets claquent encore. Aujourd'hui les chants n'accompagneront pas le labeur de ces victimes de l'arbitraire mourant silencieusement pour récolter le sucre qui adoucit l'amertume du café bu, à des milliers de kilomètres, par des européens qui les ignorent. Dominant le champ, les cavaliers se mettent à le sillonner : aucun serf ne devra s'échapper car ils craignent eux-aussi les réactions violentes du seigneur de ces lieux.

La nuit est tombée depuis longtemps : les esclaves sont désormais dans leur case. En représailles, on n'a pas daigné leur donner à manger ce soir : ils tromperont leur faim en remplissant leur estomac d'eau et mâcheront des morceaux de canne qu'ils auront pu subtiliser. Cependant, on a veillé à les fouiller et ce soir ne peut être qu'un véritable jeûne expiatoire.

L'un d'eux, tiraillé par la faim se réveille en pleine nuit. Il retourne sur le champ. La nuit est claire ; pas besoin de torche pour se guider : les étoiles et la lune permettent de distinguer les formes. L'homme s'approche du lieu où le cheval a été abattu. Il se penche bientôt sur la dépouille de l'animal. Il n'a rien pour couper. Il ramasse deux pierres, les entrechoque, les casse ainsi en plusieurs morceaux tranchants. Il se découpe un morceau de viande et le mange sans le cuire. Les feuilles bruissent. Une femme se dirige vers la bête, s'agenouille, saisit la pierre et tranche dans la chair. D'autres esclaves les rejoignent et c'est toujours la même scène qui recommence : ils ne font pas de bruit, ne parlent pas, s'assoient par terre et mangent la viande crue. Il n'y a bientôt plus de chair sur la carcasse ; reste un squelette paré de quelques lambeaux de peau. Alors, toujours aussi silencieusement, ils s'essuient les mains avec des feuilles et retournent dans leurs cases. Je n'aime pas ce rêve et je n'arrive pas à me réveiller. Mon malaise grandit même si je ne souffre plus d'aucune douleur physique.

Brusquement, je me retrouve marchant sur une étendue d'eau gelée. Je n'ai pas froid. Les collines situées en bordure du lac gelé sont recouvertes de glace. Une légère brume voile le ciel mais le soleil arrive à diffuser sa lumière. Des cadavres émaciés jonchent le sol : il y en a des milliers. Je me demande même si les collines que j'aperçois ne sont pas en fait un amoncellement de corps figés dans la glace. Je ne préfère pas me rapprocher pour ne pas avoir à faire face à cela : je veux fuir. Je n'arrive pas à comprendre le sens de ce rêve et à le faire avancer. Est-ce véritablement un rêve ? Je n'en suis plus complètement sûr. Il doit bientôt être sept heures du matin. Il faut que je me réveille.

Des hommes en frac, portant un brassard décoré d'une croix gammée arrivent de tous les côtés. Ils se répartissent autour du lac gelé et attendent. Les haut-parleurs diffusent alors l'ouverture de Tannhäuser. Une patineuse habillée d'un vêtement de soie violette danse sur la musique. Un moment de grâce, de répit m'est accordé. Mon esprit s'apaise à la vue de ce qui m'apparaît comme la beauté absolue. Je suis assis au milieu de la piste et sa jupe me frôle les joues lorsqu'elle passe devant moi. J'ai l'impression de voler avec elle lorsqu'elle exécute un saut. Son Axel est d'une hauteur extraordinaire, ses petits pas sont inventifs et ses pirouettes souples. Elle fait corps avec la musique. Il ne manque plus que quelques oiseaux, un peu de végétation pour cacher ce décor morbide et on pourrait presque croire que le monde a cessé de se faire la guerre.

La musique arrive à sa fin et la patineuse entame une longue pirouette cambrée. Elle regarde le ciel voilé, lève les bras comme pour attraper ce soleil lointain. Elle tourne. Le temps s'arrête. Elle est à côté de moi. Elle continue à tourner. Neuf claquements se font entendre. La patineuse saigne mais elle continue à tourner. Les neuf membres du jury viennent de rendre leur verdict : c'est la mort qui est infligée. Des rictus figent leurs visages : ils ressemblent à de monstrueux pantins de bois. Ma tunique violette se couvre du sang de la victime. La glace craque. Je cours. Elle disparaît dans les profondeurs du lac. De l'eau suinte des collines. Les cadavres se réveillent et gémissent. Leurs râles m'effraient. Je m'arrête un instant. Les soldats piétinent : leurs talons impriment un rythme lent. Je ne peux tout de même pas aller vers eux : ils me font peur. Je vais me noyer. Le réveil sonne enfin. Il est sept heures. J'ai mal dormi.

Chapitre II :

UNE FOLIE MEURTRIÈRE.

J'OUVRE LES PERSIENNES : il fait froid pour un mois de mai. Je fais mon lit ; je mange machinalement quatre madeleines ayant subi les outrages de l'agro-alimentaire : le goût vanille est loin d'être réussi ! Mes chaussures n'ont pas été cirées hier soir. Quelle importance, au cabinet, mon bureau cache mes pieds et, de toutes manières, les malades sont trop fous pour remarquer ce genre de détail. D'ailleurs, me remarquent-ils ? J'enfile mes chaussures. J'ai mal à la tête. Le rêve de cette nuit est en train de se transformer en un songe amer impossible à oublier. Je claque la porte d'entrée. L'ascenseur m'amène jusqu'au parking. Je tourne la clef de contact : le moteur se met à ronronner. Le portail se lève automatiquement. J'ai oublié de prendre un cachet d'aspirine !

Venant de Charenton-le-Pont, je traverse le bois de Vincennes. Des cris d'animaux exotiques parviennent à mes oreilles : je suis en train de longer le zoo, souvenir pitoyable de l'empire. Je regarde un instant deux dromadaires que l'on nettoie. J'accélère. A la hauteur de la porte dorée, je constate que le périphérique sud est encombré. Je prends le nord car même si le chemin est plus long, la perspective de respirer pendant deux heures les fumées d'échappement ne me laisse pas le choix. Je descends la rampe d'accès ; mon clignotant gauche est allumé ; je me faufile et décide de rester obstinément sur la file la plus à droite car, contrairement à ce que font tous les Franciliens, dans Paris, pour aller plus vite que les autres, il faut rouler à droite et doubler par la droite : le code de la route s'applique différemment dans notre région. L'aiguille fluorescente de mon compteur hésite entre 20 et 30 kilomètres heure. A cette vitesse, je serai au cabinet, près de la porte d'Auteuil, dans une heure si tout va bien, c'est-à-dire si aucun accident, même léger, ne vient rétrécir la chaussée et donc le flux des voitures. J'allume la radio pour tromper un ennui produit pas la monotonie du paysage. En effet, la banlieue nord est enlaidie par de grands immeubles où la fantaisie de l'architecte s'est exprimée uniquement dans le choix de la grandeur des fenêtres et de la nuance de grège qui recouvre les façades, à moins que cette couleur ne soit que l'effet des variations climatiques sur des murs non peints ! J'essaie vainement de trouver des fioritures, des chichis architecturaux dans cet univers de la standardisation. Suis-je donc condamné à attendre Neuilly-sur-Seine pour être contenté ? Oui ! Je m'enfonce dans mon siège de cuir havane. Les informations de huit heures répètent ce que j'ai déjà pu entendre une heure plus tôt : une guerre prend fin en Europe, une autre se déclenche en Afrique, un avion s'est écrasé en Inde, les actions B.S.N. augmentent, un film sur un tueur en série sort prochainement sur les écrans et une vedette du cinéma continue à persécuter son ex-mari au téléphone ! Si ce n'est cette dernière nouvelle, franchement amusante, les journalistes ont le chic pour vous présenter un monde au bord du gouffre. Mon rêve de la nuit dernière n'est peut-être que le produit de ces visions eschatologiques dont on nous abreuve à longueur de journées. La musique reprend ses droits. Les nouvelles seront répétées dans une heure, puis d'heure en heure jusque tard dans la nuit ; ce soir, je les entendrai à nouveau mais, pour l'instant, seule la musique compte parce que même si elle est abrutissante, elle nous abat toujours moins que cette fatalité médiatisée.

Il est neuf heures et la circulation ne semble pas devoir se fluidifier. Je suis obligé de couper la climatisation car le filtre à air n'arrive plus à purifier une atmosphère corrompue par les gaz d'échappement. L'habitacle dans lequel je me trouve ressemble à un cocon protecteur : tout est hermétiquement clos, le bruit extérieur est à peine perceptible, les vitres teintées filtrent la lumière. Je suis dans le monde, mais légèrement en retrait tout de même. Combien de temps vais-je pouvoir tenir dans cette bulle d'oxygène avant de suffoquer ? J'aperçois le début du bois de Boulogne ; je sors mon Ventoline ; je l'agite énergiquement pour que le bronchodilatateur s'unisse intimement au gaz propulseur. La porte d'Auteuil enfin ! J'ouvre la fenêtre ; l'odeur du gasoil m'agresse ; je respire mal : deux pressions sur le spray font cesser immédiatement les sifflements de ma respiration d'asthmatique. Le portail automatique d'un immeuble s'ouvre. Je conduis ma voiture au deuxième sous-sol. J'ai mis deux heures pour venir par le périphérique nord. J'ai bien dû économiser dix grosses minutes en ne passant pas par le sud ! Un ascenseur vitré m'amène au deuxième étage. J'ouvre enfin la porte de mon cabinet.

- Bonjour monsieur L.

- Bonjour Madame Britte. Je suis légèrement en retard mais la circulation est réellement terrifiante aujourd'hui. Y-a-t-il des patients dans la salle d'attente?

- Aucun pour l'instant : quatre se sont décommandés, seul monsieur Havas viendra ce matin.

- Alors préparez-moi immédiatement deux cachets d'aspirine : j'ai besoin d'être parfaitement reposé pour pouvoir supporter, pendant une heure, sa vulgarité paranoïaque. A quelle heure doit-il arriver ?

- A onze heures monsieur.

- J'ai le temps de m'allonger sur le divan du bureau pour récupérer d'une nuit assez agitée.

- Des problèmes monsieur L ?

- La vie madame Britte.

Pour la première fois de ma carrière, je m'allonge sur ce divan qui a vu passer toute la folie du monde. Il y a quinze ans, j'ai fait refaire le capitonnage et force est de constater qu'après tout ce temps, les outrages de la lumière du soleil et l'agitation des patients, il a toujours fière allure. J'avale les cachets. Je retire mes chaussures. Je n'avais jamais remarqué à quel point les livres submergent cette pièce. Disposant de revenus assez conséquents, j'ai, au fil des ans, réuni un nombre considérable d'ouvrages traitant de la psychiatrie. Il doit bien y avoir cinq mille livres autour de moi. Les plus anciens ont été relié en cuir car je suis très respectueux du savoir, mais aussi du passé et, plus encore, de la mémoire des hommes.

J'ai manqué ma vocation : j'aurais dû être une sorte d'historien de la raison. Quelle belle occupation que de conduire l'humanité vers la connaissance d'elle-même en étudiant ce qui n'est pas du tout son passé mais son essence en fait. J'aurais bien aimé l'amener, par l'émergence de la vérité, à se prendre en charge afin de construire enfin un avenir plus radieux. Il est trop tard, hélas ! De ce désir, il reste cet océan qui couvre l'histoire de l'homme contre sa folie, de la fin du 18ème siècle à aujourd'hui. Tiens, juste au-dessus de ma tête le monsieur Teste de Paul Valéry côtoie la psychanalyse d'Adolf Hitler de Walter C. Langer. Le livre de Paul Valéry est relié en marocain rouge et les trois tranches sont dorées. Je me lève légèrement ; je le prends avec la main droite. Il y a quarante ans que je l'ai lu. A l'époque, il n'était pas relié et sa couverture était à peine protégée par un papier cristal jauni par l'action de l'acidité. Quarante années ont passé mais la teneur du texte hante toujours mon esprit. Je baisse les yeux. J'ouvre le livre. Je lis quelques lignes : monsieur Teste érige à nouveau son inhumanité terrifiante. Le monstre rôde. Il joue à faire le mort ; il joue avec la mort. Il détruit les êtres qui l'approchent et torture Émilie, sa femme. Il est une sorte d'automate, d'abstraction qui combat à la fois pour entrer dans la vie de la non-douleur, en définissant ses contours, et pour détruire une vie jugée injuste et menaçante. Le drame joué par l'ignoble Teste se résume à cette contradiction, car sa lutte n'est pas une étape vers la raison mais une manière de souffrir délicieusement en hésitant de la manière la plus vicieuse entre une existence destructrice et une mort théâtrale, inconsciente puisque vide de la peur de l'enjeu. Je me souviens de l'indignation qu'avait soulevée ce personnage immonde qui dénature à ce point l'humanité que l'on a du mal à croire que l'animal pensant puisse être estimable parfois. Trop jeune pour t'avoir connu, Paul, j'aurais aimé te demander pourquoi tout au long de ta vie, de la jeunesse à ton automne, tu réécrivis ce livre ? Était-ce parce que tu avais compris que cette civilisation, ce principe de non-destruction mort dans une tranchée de Verdun, était, depuis le début des temps, dans la ligne de mire du paranoïaque, ou plutôt du pervers qui regarde désespérément en direction de la folie la plus profonde ? Il est vrai qu'il est dangereux ce Teste car sa folie est insidieuse : elle se cache en utilisant la logique interne de son discours pour convaincre et se convaincre de sa raison ! Le presque-paranoïaque est normal : n'est-ce pas lui qui a inventé le mirage de la normalité ? En effet, sa définition ne se préoccupe guère de la santé de l'esprit. C'est une abstraction faite d'une sotte moyenne d'automatismes mentaux maintenant les sociétés dans un état de souffrance perpétuelle. La raison n'a rien à voir là-dedans et aucun être sain d'esprit ne doit chercher à modeler sa personnalité, ni son discours, d'après cette matrice de mensonges archaïques. Tu es dangereux Teste parce que tu fardes tellement la réalité que la raison se laisse piéger : elle admet quelques-unes de tes perversions, puis, bientôt, elle devient incapable d'arrêter ta sauvagerie et finit par périr. Elle est coupable de ce laxisme car si je n'excuse pas ton attitude, je me rends bien compte, hélas, que tu es presque tout le temps désespérément fou. La raison a confondu tolérance et inconséquence et depuis les évènements douloureux du deuxième tiers du 20ème siècle qui oserait ne pas lui en vouloir?

Je me lève à nouveau, je saisis l'ouvrage de Langer. Je baisse les yeux. Je regarde ce nom et ce prénom : j'entends déjà des bruits de talons marquant le pas sur le pavé parisien. J'ouvre le livre : un petit homme agité hurle dans une langue que je ne comprends pas. C'est vrai qu'il était petit à côté des colosses de son armée. Avec des épaules étroites, un bassin large, des jambes courtes et maigres, une démarche hésitante, une dentition déplorable, des ongles sales, les cheveux huileux, des tiques nerveux, ses propos inconséquents et sans fin, il avait fière allure le guide du peuple élu. Qui a bien pu entraîner sa folie ? Qui fut le persécuteur primitif ? Les documents ne manquent pas pour connaître l'enfance du monstre et ses obsessions morbides. Ses affidés ont témoigné de cela involontairement, et puis la petite chose a vomi ses insanités pendant des années : tant de livres, de disques, de bandes magnétiques, de pellicules photographiques et de films de cinéma sont désormais souillés par l'image et la non-pensée de la bête. De ce fatras émerge bien vite un enfant écrasé par le monde qui l'entoure. Prenant conscience de sa fragilité physique, il refuse d'obéir à cet univers qui l'a fait tel qu'il est. Il ne veut pas être un homme obéissant à la toute-puissance de la nature. Trop proche de sa mère, il la considère comme un volcan cherchant à l'engloutir sous des flots de lave incandescente. Il tète son sein, mais il a peur de ne pas en avoir assez, ou de ne plus en avoir du tout. Il se méfie d'elle parce qu'il se méfie de ses propres tendances à avaler : elle est suspectée d'être aussi ogresse que lui est ogre. Alors, il va s'éloigner de cette mante religieuse et se retourner vers lui-même. Très vite, autour de lui, il érige un mur d'acier dont les parois internes, polies et recouvertes de verre, lui renvoient sans cesse son image. Hélas, il ne se voit pas tel qu'il est car, trop à l'étroit dans sa prison, il cache la lumière du soleil et ne peut se regarder que de très haut : sur les miroirs des ombres apparaissent, il essaie de savoir s'il est le plus beau des hommes, mais il n'en est pas totalement convaincu ! Quoi qu'il en soit, il sait que s'il n'est pas seul au monde il est le plus important des êtres de la création. Monstrueux, il nie la différence parce qu'elle est la preuve de sa déraison. Dans cette illusion de vie, il va jusqu'à éluder le problème des sexes : il n'y a plus d'hommes ni de femmes. Il essaie d'imiter à la fois sa mère et son père et désire posséder les deux. La sexualité n'est qu'identificatoire et bisexuelle. Il n'arrive pas à trouver les limites de son corps et de son esprit : il est lui et il est l'autre aussi. Il est un cercle ne pensant qu'à lui-même mais qui, lorsqu'il est rejeté par le monde, réclame la solution qui le fera devenir une ligne droite se dirigeant vers d'autres lignes droites. Il voudrait être aimé pour ce qu'il est le monstre, cependant, pour être aimé, il faut, pervers, que tu accèdes enfin au stade de l'amour des autres à travers l'amour de soi : pauvre abruti, tu n'es même pas capable de t'aimer comme il le faudrait, c'est-à-dire pour ce que tu es. Cesse donc de contempler ce miroir sur lequel tu as collé le plus intelligent, le plus séduisant des hommes. Dorian, déchire la toile, brise le miroir et vis dans le vrai ou crève. Ne reproche rien à ton père car s'il ne fut pas le plus intelligent des hommes ni le plus humain, il a si peu à se reprocher. Il t'a peut-être empêché de devenir peintre, il a peut-être essayé de te donner des limites à ne pas dépasser, mais rien ne justifiait cette révolte contre lui, ni après sa mort, contre tout ce qui pouvait te le rappeler. Ta révolte n'avait pas de propos. Comment as-tu pu croire qu'en tuant le père on accédait au stade de la raison ? Certes, un Grec psychotique osa exécuter le sien pour disposer de sa mère, cependant, ce fut un acte insensé car, de cette manière, il se tua en même temps. Ne crois pas que chaque homme mentalement sain doive commettre, même symboliquement, cet acte abominable, avant que de devenir adulte. En fait, la raison apparaît lorsque, dans ses pensées, l'individu bande son arc et se rend soudainement compte de l'absurdité de son geste. Il regarde la victime et comprend que s'il tue le censeur, il exécute également le modèle idéal de sa virilité, le moule de son ego. L'être sensé pose l'arme alors que le fou lance la flèche et abandonne toute possibilité de revenir en arrière, de reprendre modèle sur lui, de s'aimer à travers lui, de découvrir l'autre par le semblable, et donc le monde du dehors de soi. Le meurtre imaginaire du père condamne toute possibilité de se réconcilier avec sa mémoire, et toi tu l'as détruite des milliers de fois. Parce qu'il était philosémite et cosmopolite, tu as fait exécuter des millions de Juifs, d'étrangers, sous le faux prétexte de ce délire de supériorité raciale. Tueurs, vous étiez tous les rejetons abâtardis d'une anti-culture dégénérée et sénescente. Comment ces gens qui, à la fin du 19ème siècle, avaient interné un monarque évaporé pour paranoïa ne firent-ils pas de même avec la chose et sa cohorte de chiens enragés. Était-ce parce que sur la balance de la survie le plateau de la folie était plus lourdement chargé que celui de la raison ? Était-ce parce que la sottise des gens sains d'esprit s'accommoda de ces débordements flattant un orgueil mis à bas par le traité de Versailles ? Comme il est dangereux de s'allier avec ce diable car, à force de vouloir croire en sa santé mentale et au bien-fondé de ses prétentions, on finit par cautionner sa sauvagerie et, bientôt, par l'encourager. Il n'y a rien de plus dangereux que cette alliance de la folie et de la sottise : leur union ne manque jamais de mener le monde vers des abîmes de souffrance. L'humanité a été asservie par ce couple et notre siècle ensanglanté est l'illustration de cette terrifiante vérité. Bien des années ont passé depuis la découverte de l'enfer, mais dans notre mémoire collective reste l'image de l'homme à genoux forcé de retourner vers l'animalité. Une étoile jaune, des fusillades, la peur de se faire prendre, des membres que l'on sectionne, des corps qui s'amaigrissent, l'attente de la mort, le désir d'en finir d'une manière ou d'une autre, cette odeur qui flotte dans l'atmosphère : je me souviens. Je n'accepte pas que des innocents soient exécutés. Je jette le livre à la poubelle : je n'ai pas besoin de le relire pour savoir ce qu'il raconte. Aujourd'hui je suis misanthrope et j'espère que l'humanité qui a fait, ou laissé faire cela, disparaîtra un jour. La cruauté doit prendre fin et si c'est dans la nature de l'être humain d'être ainsi, qu'il se suicide et laisse l'univers tournoyer sans lui. J'ai besoin de trouver des coupables. L'autre crétin n'arrive toujours pas et j'ai encore plus mal à la tête.

- Madame Britte : deux autres cachets s'il vous plaît.

J'avale nerveusement les deux cachets. J'essaie de poser mon esprit sur des images apaisantes mais rien n'y fait ; la petite chose est toujours là : elle guette, elle s'agite. Je me demande maintenant si elle n'a jamais osé regarder l'hécatombe qu'elle causa. Je cherche dans les profondeurs de ma mémoire en vain. De toutes manières, un être aussi faible et timoré n'aurait jamais pu affronter sa propre sauvagerie. N'a-t-il jamais su comment on extermina le genre humain dans les camps du désespoir ? On le lui cacha. Comment aurait-il réagi si quelqu'un lui avait trempé la main dans le sang versé par sa faute ? Refusant les réalités, il aurait très certainement dit qu'il ne comprenait pas, qu'il n'avait rien fait de mal ou que tout cela n'était pas de sa faute. Il aurait détourné la tête, il aurait fui une fois encore, il se serait réfugié en lui-même, il aurait oublié vite, trop vite. La mort des autres ne le concernait pas car la mort, il ne la comprenait pas ; seule la souffrance, sa seule souffrance, pouvait l'atteindre. D'autres que lui se chargèrent de la sale besogne. D'autres que lui l'entraînèrent dans le sens de son délire. Ainsi, les guerriers du monde entier se levèrent et toute l'horreur paranoïaque déferla : qu'ils fussent Russes, Italiens, Japonais, Allemands ou Autrichiens, chefs d'État ou simples soldats, ils osèrent vivre leur folie. Sur les champs de bataille et dans les camps du malheur, ils écrivirent un nouveau chapitre de l'histoire de l'humanité, ce martyrologe écœurant. Des images prennent corps : un soldat torture une femme, un homme en blouse blanche fait une expérience médicale sur une petite fille, un gardien hypocondriaque, de peur d'être contaminé par un mal imaginaire, met un gant pour ouvrir une porte dont la poignée vient d'être touchée par un prisonnier. Je me souviens. Un bombardier vole vers le Japon ; une ogive descend vers le sol ; un soleil embrase l'atmosphère. L'apocalypse n'est plus une peur antique et l'humanité comprend qu'elle est son propre ennemi. Désormais, elle peut disparaître à jamais. La bombe arrête la marche macabre des fous ; elle leur fixe les limites à ne pas dépasser ; elle est comprise comme une sanction divine ; ils rêvent de cette puissance et convoitent l'objet destructeur. Cette épée de

Damoclès se balance au-dessus de nos têtes : qui les empêchera de couper le fil ? On devrait psychanalyser tous les chefs d'État et les généraux ; on devrait interner tous ceux que l'on soupçonne d'être gravement atteints de folie destructrice. L'asile doit redevenir un lieu de détention des forces exterminatrices. La faiblesse du vingtième siècle fut de les laisser se déchaîner. L'humanité en perdit presque la raison. Aussi, les hommes des siècles suivants se méfieront de ces maniaques jouant avec le feu, ou bien le soleil ne se lèvera bientôt plus que sur un monde de désolation : le règne de la minéralité irradiée sera, la vie disparaîtra.

- Monsieur Havas vient d'arriver docteur L.

- Faites-le entrer je vous prie.

Je me lève brusquement du divan. J'enfile ma chaussure et je m'assieds dans le fauteuil de cuir qui se situe près de la fenêtre ; mes coudes sont posés sur le bureau et ils soutiennent ma tête endolorie. La porte s'ouvre et madame Britte fait entrer la cause partielle de ma mauvaise humeur d'aujourd'hui : il s'agit d'un homme d'une quarantaine d'années, de taille moyenne, aux chairs flasques et au visage disgracieux. Je me rends compte que pendant ces dix années de psychanalyse je n'avais jamais remarqué sa laideur. J'observe son visage comme si c'était notre première rencontre : un nez arqué, des pommettes hautes et trop marquées, des bajoues, un cou trop court, de petits yeux exorbités, des sourcils rares, un crâne presque chauve et parsemé de quelques implants donnent une idée du paysage. Quant à ses vêtements, ils sont extrêmement banals, voire peu soignés : il porte des baskets en toile, un jean pâle et sale, une chemise à carreaux. Par bonheur, il n'a pas mis cette horrible casquette américaine qui, d'ordinaire, cache sa calvitie. De tout cela se dégage un sentiment de désintérêt pour sa personne malgré un narcissisme apparemment outrancier. J'estime avoir de la chance, tout de même, car il s'est parfumé, certes avec un produit bon marché, mais il ne sent pas mauvais.

- Bonjour docteur.

Tiens, une procédure de non-agression : quelle surprise ! Après dix ans de guerre, de reproches, d'insultes, de violence envers moi ou ce que je pouvais bien représenter, de jérémiades, de pleurnicheries, de mensonges, de sottise, de vulgarité, de perversion, de désespoir de ma part, je vais peut-être arriver enfin à quelque chose, à le rendre un peu moins inhumain, un peu moins fou, un peu plus présentable en somme. Au bout de tant d'années, j'ai, bien sûr, abandonné tout espoir de lui faire comprendre ce qu'est la raison mais aujourd'hui je vais peut-être arriver à quelque chose...

- Bonjour monsieur Havas. Installez-vous confortablement et reprenons où nous en étions restés la dernière fois, c'est-à-dire ce problème avec une de vos élèves.

- Elle continue docteur.

- Qu'a-t-elle donc fait cette semaine ?

- Mercredi, sa voisine lui a demandé comment elle me trouvait physiquement et elle a répondu que je faisais beaucoup plus vieux que mon âge et que j'étais laid. Alors, je l'ai renvoyé du cours avec ordre de passer s'expliquer devant la directrice.

- Il est vrai que les élèves ont bien changé et que non-contents de ne plus apprendre leurs leçons, de ne rien écouter en classe, ils se permettent de vous interrompre et de bavarder sur des sujets qui n'ont rien à voir avec votre matière.

- Oui, oui...

- Vous avez bien fait d'avoir cette attitude.

- Que pensez-vous, docteur, de ce qu'elles ont dit ?

D'habitude c'est moi qui pose ce genre de question. Que lui arrive-t-il donc ? Essaie-t-il de s'identifier à moi à ce point ? Désire-t-il savoir pourquoi il n'a pas pu accéder à ce stade narcissique de satisfaction de soi et passer, après, à la découverte des autres armé d'assez de confiance pour pouvoir supporter les critiques sans s'effondrer ? Je vais éluder la question car je n'ai pas envie de le mettre en face de cette réalité : mentir est parfois une attitude raisonnable et un mensonge se justifie lorsque la vérité conduit au désespoir le plus absolu, à la mort peut-être. Certes, il ne faut pas abuser de cet opium, cependant, lorsqu'un malade n'est pas dangereux pour la société, je l'emploie pour ne pas avoir à blesser immédiatement un narcissisme incomplet parce qu'outragé dans la petite enfance.

- Vous savez à quel point je peux être vieux jeu. Selon moi, il faut que l'élève apprenne, qu'il se taise, et cela quel que soit son âge. En effet, l'ignorant doit être reconnaissant et recevoir les paroles du savant sans les commenter. Pourquoi les commenterait-il puisqu'il est ignorant ?

- Mais à propos de mon physique ?

C'est bien là le nœud des symptômes érotomaniaques de sa folie.

- Avec le temps, les fleurs se fanent : c'est une loi de la nature et nul ne peut empêcher cette fatalité. Il faut l'accepter.

- C'est faux ! Je ne suis pas laid : je plais, je séduis. Regardez mes fesses : elles ne sont pas belles ?

Je le trouve très exalté aujourd'hui. Il doit y avoir quelque chose d'autre. Peut-être une aventure amoureuse, ou plutôt sexuelle, qui vient de s'achever, comme d'habitude, par l'abandon d'un des deux tueurs.

- Y-a-t-il autre chose qui vous préoccupe ?

- J'ai quitté Ingo.

- Le juriste ?

- Non, le psychiatre allemand. Vous comprenez, il était tellement intransigeant.

- C'est-à-dire...

- Il me déconsidérait tout le temps. L'autre jour, il a osé me dire que les profs étaient tous de pseudo-intellectuels torturant leurs élèves avec des connaissances qui ne sont que des délires de paranoïaques ! De toute façon, il me hait. Je ne comprends pas : je n'ai rien fait de mal, je vous le jure. Il doit être fou ce type : il y a quelque chose de bizarre chez lui.

- On mesure trop souvent la bizarrerie des autres à partir de soi-même : tout ce qui ne ressemble pas à ce canon de la vérité est alors rejeté et qualifié de folie. Vous êtes mal placé pour juger de la raison des autres. Dites-moi plutôt comment vous vous êtes comporté avec lui.

- Je constate qu'entre collègues vous vous soutenez. C'est la première fois que vous me parlez de cette manière. Je vous préviens, je peux aller voir un de vos confrères qui, lui, me comprendra. En outre, je trouve que vos tarifs sont très élevés pour un charlatan de votre espèce.

C'était trop beau pour durer. Je vais lui fixer les limites à ne pas dépasser. Je suis sur le point de m'ériger, une fois encore, en censeur, un rôle que son père a été incapable de jouer.

- Vous pouvez voir qui bon vous semble mais ne sentez-vous pas, au plus profond de vous-même, qu'après ces dix années de confidences en tous genres je suis devenu indispensable ? Ne suis-je pas votre mémoire et votre esprit ? Ne suis-je pas la borne qui vous amarre à la solution de votre problème ?

- C'est vous qui le dites.

- Cependant, si vous voulez aller voir un confrère plus compétent, ou jugé comme tel, je n'y vois aucun inconvénient, bien au contraire.

- Je ne peux pas partir : je vais tellement vous manquer.

- Vous n'êtes pas indispensable. Je n'ai pas besoin de votre argent.

- Mais c'est votre fonction de m'écouter et de m'aimer.

- Mon rôle est de redresser votre esprit tordu, de supprimer vos vices, de vous rendre, par là-même, inoffensif. Je ne vous aime pas.

- Vous détestez la terre entière. Sous des dehors de philanthrope, vous êtes un monstre sans cœur.

- Je ne suis pas un philanthrope.

- Vous me décevez, vous me décevez beaucoup. Mais pourquoi me détestez-vous autant ? C'est parce que je suis homosexuel, que je vous plais et que vous rejetez votre propre homosexualité parce qu'elle vous fait honte ?

Ça faisait longtemps que je n'avais pas entendu cela de sa part. J'ai bien essayé une centaine de fois de lui dire que tout le monde n'était pas homosexuel, comme il se plaît à le croire, mais, refusant toute argumentation un peu positiviste, il s'obstine à ne pas comprendre que si c'était le cas la terre sera bien moins peuplée ! Pour lui, tout le monde flirte avec la similisexualité puisque les hétérosexuels ne font qu'ignorer leur véritable nature. Il faut manifestement que je change de tactique.

- D'accord, j'avoue.

- Ah, vous voyez que j'avais raison !

- Cependant...

- Cependant ?

- Vous ne me plaisez pas du tout. Rien ne m'attire chez vous : vous êtes répugnant.

L'excitation de la nouvelle laisse place à un abattement bien compréhensible. Il s'enfonce dans le divan et répète que je ne suis pas gentil, ah ça non, pas gentil du tout ! Il régresse. Comme d'habitude, je vais l'amener vers la cause de son mal.

- Savez-vous qu'à la base tout homme a pour objet de désir sa mère ? Souvenez-vous de ces instants inoubliables qui vous virent vous attacher à votre mère. Fermez les yeux, détendez-vous et souvenez-vous bien de la femme.

- Maman ?

- Dis-moi, Daniel, elle est gentille Maman?

- Elle me repousse. J'ai rien fait de mal pourtant. Pourquoi tu repousses Daniel ? Tu ne veux pas que je sois dans tes jambes car je te gêne. Je voudrais que tu me prennes dans tes bras et tu ne veux pas. Je voudrais être protégé et aimé à la fois : tu ne veux pas. Pourquoi ?

Il s'agite à nouveau. La souffrance se lit sur son visage. Quel âge a-t-il à cet instant ? Trois ans peut-être : c'est un vieux petit garçon de trois ans avec des sentiments archaïques mais un langage empruntant aussi bien des expressions enfantines que d'autres beaucoup plus élaborées.

- Y-a-t-il quelque chose qui explique ce dégoût ?

- Elle ne m'aime pas mais moi je l'aime. Suis-je donc aussi laid ?

- Tu n'es pas laid : tu es un petit garçon ni plus, ni moins laid que les autres. Parle-moi d'elle.

- Elle me frappe tout le temps.

- Quelle en est la raison ?

- Elle ne donne jamais de raisons... Elle m'en veut parce que je lui ai gâché sa jeunesse. Elle me déteste car je ne suis pas une fille. Je voudrais changer ; je voudrais mourir ; je voudrais me transformer en quelqu'un d'autre.

- Tu n'as peut-être rien à te reprocher ; c'est peut-être elle la fautive.

- Je dois bien avoir commis une faute pour qu'elle ne m'aime pas. J'ai dû faire quelque chose de très vilain pour être détesté à ce point.

Dix ans, ça fait dix ans que je bute sur la même chose, que je constate la castration par la mère sans comprendre l'attitude du fils par rapport à celle-là. A l'adolescence, il faisait des guillotines et conscientisait, d'une certaine manière, sa mutilation. A l'âge adulte, il se mit à s'intéresser à la nature. Il se dirigea vers les abeilles, petit animal qui donne du sucre, le plaisir, avec parcimonie, et non sans danger. Il étudia l'apiculture avec méthode et application. Il essaya d'apprendre à maîtriser l'image de cette féminité dévastatrice, cependant, il fut incapable de l'affronter totalement et refusa de construire sa première ruche. Elle était décidément trop dangereuse la femelle. Il se contenta du plaisir du miel que de plus courageux que lui allèrent récolter. Il essaya de remonter à l'origine de son agressivité et découvrit une société belliqueuse commandée par une femme : la reine. Il goûta à la gelée royale et dit qu'il aimait cela : était-ce vrai, était-ce une illusion d'amour ou de désir ? Il posa sur sa main gantée de cuir le reflet de la cause de son incomplétude narcissique mais ne trouva pas pour autant la solution. Alors, il essaya de l'apprivoiser, à défaut de le maîtriser, et il lui offrit les fleurs dont il raffolait. Il en fit pousser dans les pots surchargeant son balcon et, chaque année, il observa les abeilles les butiner. Il les toucha parfois ; elles le piquèrent ; il se vengea ; il en tua quelques-unes.

- Et ton père ?

- Maman lui crie dessus tout le temps. Elle ne l'aime pas. Elle ne veut pas que je lui ressemble. Lui, il arrive à se rapprocher d'elle, mais il ne me donne pas le secret.

- Tu aimes ton papa ?

- Je le déteste : il obtient un peu de son amour et moi pas. Pourquoi lui et pas moi ? Pourquoi ne m'explique-t-il pas ? Je ne lui ai pourtant rien fait de méchant ; j'ai toujours été gentil avec lui ? Pourquoi me cachent-ils toutes ces choses tous les deux ? Pourquoi la terre entière m'en veut-elle ? Suis-je donc un monstre ? Quelle faute ai-je donc commise pour mériter cette peine ? Pitié ! Si vous ne pouvez pas m'aimer, ayez pitié de moi !

- La nuit venue, que font-ils ?

- Je ne sais pas. J'essaie d'écouter à la porte de leur chambre : je n'entends que des cris ou des gémissements effrayants. Que font-ils là-dedans ? Que me cachent-ils ?

Dix ans, ça fait dix ans que j'entends cela...

- Ouvre la porte de leur perversion et dis-moi ce que tu y trouves. Donne-moi la clef. Qu'est-ce qu'elle recherche chez ton père ?

- Elle est toujours meilleure que lui.

- Elle voudrait-être à sa place ?

- Elle voudrait lui voler quelque chose.

- Quoi ? La vie ?

- Peut-être...

- Ses souvenirs ?

- Peut-être...

- Son âme ?

- Je ne sais pas...

- Sa raison ?

- Je ne sais pas monsieur.

- Quoi ?

- Couteau...

- Quoi ?

- Elle fouille dans ses poches ; elle lui prend son couteau suisse. Elle le regarde ; elle le caresse ; elle l'utilise ; elle découpe une carotte en petits morceaux et elle sourit. Elle ne crie plus monsieur, elle est enfin humaine et elle rit aussi.

- Elle est perverse ! M'entends-tu ? Elle est perverse la femelle castratrice. Gorgone monstrueuse, elle a cherché à te tuer parce qu'elle maudissait l'homme qui osa lui dire qu'elle n'était pas un homme ; elle voulut te détruire car son père lui apprit que ce qu'elle croyait avoir perdu ne lui avait jamais appartenu. Redresse-toi l'enfant : tu n'as pas commis de faute. M'entends-tu ?

- Oui monsieur.

- Elle ne t'aimait pas car elle haïssait l'homme, et l'humanité de surcroît. Dans ton cas, c'est la mère qu'il fallait tuer, pas le père. Alors, tue-la !

- Je ne veux pas monsieur. J'en ai assez de ces batailles, de ces guerres. Je veux la paix, j'implore la paix.

Le silence s'impose. Je n'espérais plus rien avec lui et c'est arrivé. Je ne sais plus quoi dire, ni quoi faire. Je l'observe : il est silencieux. Il me regarde et ouvre grand les yeux. J'ai trop parlé et, pour une fois, il a écouté. Ce qui était caché dans un coin de sa mémoire vient de remplir l'espace de sa conscience. Les choses vont-elles changer pour autant ? Est-ce qu'une vie entièrement conditionnée par un évènement incompris lors de l'enfance peut changer lorsque cet évènement devient compréhensible ? Est-ce que les automatismes mentaux qui soutiennent péniblement une personnalité et qui l'empêchent de se dissoudre un peu plus vont s'amender ? Pour arriver à cela, il faudrait qu'il accepte de redevenir un enfant, un enfant normal cette fois-ci. Combien de temps cela prendra-t-il pour... l'élever ?

- Ne m'appelez plus Docteur Daniel. Je suis un homme, ni plus, ni moins ; je suis un être vivant, fragile comme tous les êtres vivants, qui n'a pas besoin de titres prétentieux pour exister. Ne m'appelez plus jamais docteur Daniel car, sous ce titre, il n'y a qu'un homme qui n'est ni un gourou, ni un dieu, ni un modèle à imiter, ni un guide que l'on suit aveuglément. Je ne demande que le respect, pas forcément l'amour. Chaque individu doit être respecté par respect même de la vie. La vie est le plus précieux des biens, elle est la propriété immanente de chacun : seule la nature peut la donner et la retirer.

- Oui monsieur.

- Au fait, je serais désappointé si d'aventure vous alliez voir un confrère.

- Je ne voulais pas vous quitter monsieur : c'est par pure méchanceté que je vous ai insulté.

- Alors à bientôt Daniel et pensez à regarder le soleil : il brille et brillera pour vous aussi.

- Au revoir monsieur L.

Je ne le reverrai peut-être pas. De toutes manières, nous nous sommes tout dit, ou du moins l'essentiel. S'il ne revient pas c'est qu'il n'a plus besoin de moi, qu'il a enfin compris qu'il est un être unique et pas la réplique d'une idée ou d'une image parentale. Aujourd'hui, il est devenu un homme et sa naissance fut un véritable moment de grâce car la raison lui a donné enfin le goût et le sens de la vie, de sa vie. Je n'oublierai jamais l'instant qui le vit passer de l'état de chose disgracieuse et perverse à la dignité d'être humain. L'enfant monstrueux s'est redressé ; il a jeté la défroque de sa barbarie.

- Madame Britte, annulez tous mes rendez-vous. Je pars en vacances dans le sud.

- Pour combien de temps monsieur ?

- Je ne sais pas, un mois au moins !

- Y-a-t-il quelque chose de grave qui impose ce départ si soudain ?

- Oui : je vieillis et ma lassitude de ce métier m'impose le repos le plus absolu. Saviez-vous que les psychiatres étaient des machines qui s'usaient, elles-aussi ? Au revoir madame Britte. Je vous téléphonerai dans quelque temps.

- Au revoir docteur.

Chapitre III :
UN ADIEU A MA VIE.

JE FERME LA PORTE DU cabinet ; j'ai l'impression que je ne reviendrai jamais ici. Pourtant, il y a quinze minutes encore je demandais à un malade de continuer à venir me voir ; et puis, n'ai-je pas souhaité bonnes vacances à madame Britte ? L'immeuble élégant de ce quartier chic, les centaines de livres de psychiatrie, mes patients, l'argent qui coulait à flots sont déjà des souvenirs lointains ! Tout cela m'intéressait si peu qu'une porte se refermant sur ma secrétaire, un peu plus interloquée que d'habitude, m'apparaît être un acte assez significatif pour me faire comprendre que j'ai raté ma vie professionnelle et ma vie, peut-être. Je fais le deuil de cela et je me sens soulagé parce que même s'il me reste peu de temps à vivre, je vivrai ces quelques années dans la vérité de ce que je ressentirai. Je me suis menti trop longtemps sur beaucoup trop de choses pour continuer ainsi. Je suis libre, libre de décider de ce que je veux faire, ou ne pas faire, sans réagir automatiquement à une situation parce que poussé par mon milieu social et mon éducation. Certes, mon amour ou mon dégoût pour un être, une idée, un objet aura toujours quelque chose à voir avec ce que mon père et ma mère m'enseignèrent il y a bien des années mais, à partir de cette histoire entre eux et moi, je déciderai, à un moment donné, et dans une situation particulière, d'obéir à mon désir car je serai capable de comprendre la partialité de ma volonté. Je marche d'un pas décidé vers l'ascenseur ; j'appuie sur le bouton d'appel ; je regarde au fond du couloir la plaque de cuivre portant mon nom : elle brille. Ma décision est prise : je ne reviendrai pas. L'ascenseur m'amène au sous-sol. Tiens, la lumière est allumée ! Des bruits de talons résonnent : deux hommes s'enfuient dans le lointain. Je me dirige vers ma voiture. Il est impossible qu'ils aient pu en cambrioler une ou plusieurs car les alarmes auraient sonné. Ici, il n'y a que des voitures de luxe équipées des systèmes de protection les plus sophistiqués. Je tourne dans l'allée F : quinze véhicules, environ, viennent d'être martyrisés. Les vitres sont brisées, les tôles cabossées, les sièges lacérés, les pneus crevés. Je regarde ma voiture : ce matin, elle était si propre, si belle. Je ne ressens aucune haine. Ont-ils volé quelque chose ? J'ouvre la boîte à gants : je retrouve ce que j'y avais laissé en arrivant. L'autoradio est toujours à sa place : je mets le contact, je tourne le bouton mais aucun son ne sort des enceintes. Le coffre arrière a été littéralement éventré, cependant, ma boîte à outils est toujours là. Je cours vers une autre voiture, puis une autre encore, et je constate que les autoradios n'ont pas été volés. Dans une, une carte bleue, un chéquier et un porte-monnaie rempli de gros billets ont été laissés sur le siège avant. Comme c'est insolite ! D'habitude le pauvre vole le riche alors que cette fois-ci il a cherché à détruire l'objet de sa convoitise. Les temps changent : Robin des bois est devenu nihiliste ! Je ne vais pas avertir la police car je risquerais d'être en retard à mon déjeuner avec Dominique ; qui plus est, je n'ai pas véritablement envie de remonter pour téléphoner. Toute cette ferraille violentée ne me concerne pas : j'ai les moyens de ne pas m'intéresser aux choses. Cet après-midi je m'achèterai un nouveau véhicule et Jean-Marc, ce maître des élégances, me conseillera. En attendant, je suis encore assez valide pour pouvoir marcher jusqu'à la rue des eaux. Aujourd'hui, je n'aurai pas de problèmes à trouver une place ; je ne chasserai pas à l'affût ; je ne me garerai pas sur les passages pour piétons ; je n'aurai pas de contraventions. J'y gagne, en somme.

Je viens de quitter l'immeuble et je respire maintenant le bon air pollué de la capitale. Il fait plus chaud que ce matin. Les marronniers végètent : certains sont en fleur et tous sont attaqués par la rouille, ce micro-organisme qui fait se faner les feuilles prématurément. Les pigeons salissent les façades haussmanniennes par leurs déjections, les enfants hurlent comme des cochons que l'on égorge, une vieille femme s'affale sur un banc public, un chien aboie, un camion bouche une rue, les automobilistes klaxonnent, tout le monde s'ignore : voilà Paris. Je suis né dans cette ville, j'y ai vécu pendant des années : je ne reconnais pas la ville de mon enfance. Il y a cinquante ans, il y avait encore de la vie : les classes populaires n'avaient pas encore été reléguées dans des banlieues staliniennes. A l'époque, on s'entassait dans des immeubles miteux, les enfants, à force de sucer de petits morceaux de peinture au plomb, souffraient de saturnisme, les différentes classes sociales se méprisaient mais il y avait de la vie. Depuis lors, des bureaux souvent vides, faute d'acquéreurs, ont remplacé les appartements. La nuit venue, derrière ces façades vénérables, il n'y a plus personne. Un vigile occupe les lieux ; les rires des gens ont été remplacés par les jappements de son berger allemand. Cette ville, qui assista à la fuite de familles devenues indésirables parce qu'occupant un espace que l'on voulait désormais destiner au travail, accueillit d'autres blessés de la vie. Ainsi, de petits studios furent loués à des cadres célibataires qui ne réussirent pas à trouver l'homme ou la femme qui devait rompre leur solitude. Dans leurs cages de verre et de pierre, ils trompèrent l'ennui avec des animaux. Ils attribuèrent une humanité à leurs chats, considérèrent leurs chiens comme leurs enfants, conférèrent une âme à leurs poissons, la raison à leurs perruches. Quant aux vieux habitants argentés, ils vieillirent dans cet écrin sans bijoux. Leurs enfants grandirent et partirent ailleurs ; leur conjoint mourut ; un animal de compagnie essaya, pathétiquement, de combler ce vide, ce gouffre, cet abîme... Paris est un cadavre et je suis en train de l'autopsier. En fait, les véritables habitants de la ville sont les oiseaux : ne devant rien à l'homme, ou si peu, ils se reproduisent dans ce cadre doré qui n'est jamais que la dépouille du Paris d'autrefois. La ville a perdu son âme et cette architecture précieuse a bien du mal à masquer la vérité. J'aperçois la tour Eiffel : je n'ai jamais aimé ce squelette de fer. On aurait dû la déboulonner depuis longtemps : un nabab du cinéma aurait été heureux de la faire remonter dans un parc d'attraction de Californie. A la place, on aurait laissé les herbes folles envahir cet espace : la sauvagerie végétale aurait bien vite recouvert l'endroit occupé jadis par ce souvenir de la société industrielle. J'arrive devant l'immeuble de la rue des eaux. Une fois encore, j'essaie d'ouvrir la porte de droite alors que c'est par la gauche que l'on entre. Un ascenseur art déco m'amène au troisième étage. Je vais pour appuyer sur la sonnette mais je remarque que la porte n'est pas fermée. Je m'essuie les pieds sur le paillasson et j'entre dans l'appartement. Je referme la porte derrière moi. Une odeur de cuisine remplit l'espace : ça sent le beurre, les oignons frits et le basilic.

- Dominique ?

- Un instant Alexandre : je m'habille.

Je me dirige vers la cuisine pour surveiller la cuisson du repas. Dans une grande poêle en acier, huit cailles d'élevage sont en train de cuire dans un beurre qui tourne au brun. Je baisse le gaz ; j'enlève la graisse trop oxydée ; je remets un peu de beurre frais : dans dix minutes à peine, elles seront prêtes. J'ouvre la porte du réfrigérateur pour voir ce qu'il a prévu pour l'entrée et le dessert. Il y a des huîtres en entrée et même, à en juger par la couleur, des huîtres de Marennes. Quant au dessert, c'est un trop classique gâteau au chocolat : la tarte à la crème de la ménagère ! Il y a tout de même un coulis à la framboise pour rehausser le goût du gâteau et mettre très peu d'originalité là-dessus. J'aime le chocolat mais j'aurais préféré un pithiviers, une polonaise ou un diplomate. Je remarque que c'est un muscadet qui accompagnera les huîtres et le gâteau. Sur le réfrigérateur, une bouteille de Vosne-Romanée est posée : elle est destinée au plat principal. Je m'inquiète un peu pour les légumes : va-t-il sombrer dans les inexcusables vices des français qui ne se sont jamais beaucoup creusés la tête à ce sujet ? Va-t-on avoir le droit aux habituelles pommes de terre alors que du chou, des poireaux, et je ne sais trop quoi encore, feraient si bien l'affaire ? J'ouvre la porte du four : un gratin de pommes de terre cuit. Merci monsieur Parmentier !

- Tout va bien Dominique ?

- Oui, oui.

Il est décidément bien long. Que fait-il donc ? Enfiler un pantalon, une chemise et des chaussettes n'est pas une entreprise titanesque nécessitant un temps considérable.

- Tu construis une pyramide, tu réécris l'histoire du monde ou quoi ?

- J'ai un problème avec mes cils !

C'est vrai que depuis le collège, le lieu où je l'ai rencontré il y a presque cinquante ans, il n'a jamais cessé d'être ce petit garçon exagérément maniéré. De ce fait, à l'école, il essuyait tout le temps les quolibets salaces de ces adolescents *borderline* vis-à-vis d'une génitalisation toujours problématique à cet âge. Sa présence excitait d'autant plus les esprits qu'à l'époque il n'y avait pas de filles avec nous. Avec le temps, son idiosyncrasie s'affirma : le garçon délicat devint un homme raffiné, une précieuse presque ridicule. Je fus d'ailleurs étonné de le voir se marier. Certes, sa femme était le contraire de la féminité. C'était une créature hommasse, avec les cheveux courts, les ongles sales, la démarche pesante et l'insulte scatologique toujours à la bouche. C'était une garçonne du genre mauvais genre. Je me souviens de la joie qu'avait produit sur moi l'annonce de son divorce, quelques années après ce mariage qui avait, peut-être, soulagé sa mère mais qui m'avait surtout vu quitter prématurément la cérémonie en déclarant à ma femme : "Quand je les regarde, la notion d'hétérosexualité pathologique prend toute sa valeur et, ça, je ne peux véritablement pas l'accepter" ! Par la suite, sur mes conseils insistants, il avait frayé avec des femmes d'un genre beaucoup plus féminin. Cependant, la majorité d'entre-elles avait un penchant très net pour les tenues provocantes, les rouges à lèvres criards, les talons trop hauts. Il les aimait vulgaires ! Avec l'âge les choses ne s'étaient pas arrangées. J'avais bien sûr suggéré, ou plutôt ordonné, une psychanalyse afin de clarifier une identité de genre douteuse, c'est-à-dire anaclitique, joli terme qui désigne désormais les êtres qui ne sont ni tout-à-fait fous, ni complètement raisonnables, si j'en crois Bergeret. Après tout, je suis un si mauvais psychiatre que je me sens capable de ne pas voir les nuances subtiles qui différencient les dépressifs entre eux. Ne suis-je pas un charlatan pour reprendre les paroles de Daniel Havas ? Bon, je vais aller le presser un peu car les petits oiseaux vont finir par devenir secs à force de cuire. Je coupe le feu, je pose un couvercle sur la poêle et je baisse le gaz du four. Je longe le couloir menant à sa chambre ; la porte est ouverte ; je le vois assis devant une coiffeuse. Je n'avais jamais remarqué à quel point ses cheveux étaient longs, frisés et blonds. Je me rapproche rapidement de la pièce et je découvre alors une scène bien singulière : un homme de soixante ans portant perruque, faux-ongles, faux-cils, faux seins est en train de se maquiller les yeux. Il a enfilé plusieurs paires de collants afin de cacher ses poils ; il est chaussé d'escarpins dorés et est vêtu d'une mini-jupe de Skaï tenue par une étrange ceinture de laquelle pendent de petites queues de fourrure. Il est également habillé d'un cardigan en angora rose pâle. C'est consternant ! Je le savais maniéré mais de là à l'imaginer en travesti ! Sa vie m'intéressait si peu que je n'avais jamais réellement cherché à mieux le connaître. Restant à la surface des choses, je m'accommodais fort bien de ces conversations superficielles qui n'avait pour but que de meubler le vide, c'est-à-dire le manque d'intérêt l'un pour l'autre, l'absence de considération, peut-être. C'est par habitude que nous nous voyions depuis cinquante ans, c'est pour reprendre contact avec notre jeunesse que nous nous côtoyions, c'est pour me raccrocher à mes souvenirs et à moi-même que j'avais accepté de déjeuner avec lui ce midi. Je le regarde caresser son pull en angora. Il ne me voit pas. Comment réagir ? Dois-je faire mine de ne rien remarquer du tout ? De toutes manières, je n'ai pas envie de chercher à comprendre son attitude car ses problèmes ne me concernent pas, ni aucun problème psychiatrique d'ailleurs. Je ne le forcerai pas à en parler. S'il se sent mal, j'essaierai de le réconforter : ce sera là l'attitude d'un être humain compatissant et solidaire d'un autre être humain, pas celle d'un psychiatre.

- Le déjeuner est prêt ; viens vite manger l'entrée avant que les cailles ne refroidissent. Je mets les huîtres sur la table. Veux-tu un verre de vin blanc ?

- Oui mais n'abuse pas sur les doses : tu sais à quel point le blanc me fait mal à la tête.

Moi aussi il me fait mal à la tête, cependant, je vais en boire plusieurs, et puis je m'attarderai sur le rouge afin de mieux encaisser le choc. Je draperai ainsi mes mensonges dans un habit d'alcool. Après un verre de vin, mon sens moral s'assoupit, après cinq verres, droit comme un i, je suis capable de supporter toute la connerie du monde en ne laissant rien transparaître : mon mépris et mon indignation sont masqués par des sourires hypocrites qui ne sont jamais que les rictus d'un loup prêt à égorger sa proie mais ne bougeant pas car respectant les codes sociaux. Une apparente bonhomie et des manières courtoises cachent une bête féroce qui bondit et mord lorsqu'on l'agresse. Accepter de se faire marcher sur les pieds par la bêtise ou la folie n'a jamais été une preuve d'humanité, c'est plutôt une coupable sensiblerie.

Je suis dans le salon face à une assiette d'huître, un verre qui vient d'être vidé et Dominique. Dans dix minutes à peine, l'alcool se mélangeant dans mon sang, je serai plus détendu. En attendant, que faire ? Je ne vais tout de même pas me taire et manger mes huîtres sans rien dire ! Dois-je le complimenter à propos du choix des vins et des mets du repas ? Je vais lui sortir ma phrase fétiche, celle que je ne manque jamais de prononcer pour rompre des silences trop pesants.

- Alors, quoi de neuf ?

- Voyons, tu ne remarques rien ?

- Non, plutôt si : je trouve les huîtres très bonnes et le vin exquis.

- Tu m'as bien regardé ?

- Tu veux parler de ton pull-over ? Il est neuf ?

- Oui, de même que la jupe, les chaussures à hauts talons...

- Et la perruque !

- Tu n'es pas choqué ?

- Non. Tu sais, au bout de tant d'années, j'ai remarqué à quel point tes manières étaient efféminées. Aussi, franchement, ton accoutrement d'aujourd'hui ne me surprend pas tellement. En revanche, je me demande ce qui a bien pu t'amener à vivre ta lubie au grand jour.

- Ce n'est pas une lubie : je ne suis pas un fou. J'exprime simplement ma vraie nature.

- Ta vraie nature ?

- Pendant des années, j'ai essayé de jouer à l'homme alors que je suis une femme !

- Regarde plutôt entre tes jambes et tu constateras que d'un point de vue biologique il ne peut pas y avoir de confusion.

- C'est une erreur de la nature : je suis une femme dans un corps d'homme.

- Pourtant tu t'es marié. Était-ce uniquement pour sauver les apparences ?

- Non, j'aimais profondément ma femme.

- Sexuellement, y-avait-il quelque chose ?

- Bien sûr !

- Et tu oses penser que quelqu'un qui se grime et s'habille comme toi afin d'avoir des rapports sexuels avec une femme plutôt masculine n'est pas anormal, alors que notre société, depuis tant de siècles, oppose la femme féminine à l'homme masculin ?

- Cette norme-là n'est qu'un délire de psychiatres.

- Certainement pas. Elle a été définie avant la naissance de la psychiatrie par une société qui s'était construite sur une opposition de sexes. L'homme se devait, par sa masse musculaire et son agressivité hormonale, d'amener de la viande aux siens et de les protéger des prédateurs. Sa femme, de par son déterminisme biologique, donnait la vie. Lorsque la famille était attaquée, l'homme infligeait la mort aux assaillants. Toute l'histoire de l'humanité se résume à cette conduite primitive. Cette norme qui m'apparaît bien démodée n'a pas été inventée par la psychiatrie et, franchement, je me demande si nous n'avons jamais joué un rôle dans sa définition. Ne confonds pas normalité et santé mentale. Verse-moi un verre de vin s'il te plaît.

- D'accord, je ne suis pas normal mais je sais que je ne suis pas fou.

- Qu'est-ce donc qu'un fou ?

- Quelqu'un qui dit et qui fait n'importe quoi.

- Qui va juger de ce qui est n'importe quoi ?

- Les gens.

- Oui, cette sorte de fausse moyenne de perversion, de sauvagerie, de folie et de peu de raison qui règne dans la société. Là encore, tu me définis la norme et pas la santé mentale. Pas trop de sauce sur les cailles.

- Alors, la science !

- La science, ce rêve positiviste d'un siècle qui voulut mesurer par le menu, inventorier, décrire, reproduire, améliorer ce que l'on appelait la nature, laquelle n'est qu'une conception du monde ?

- Oui...

- Non ! La santé mentale ne fut pas découverte par un médecin qui, à force de regarder la nature malade d'une manière objective, finit par comprendre la folie et définir son contraire. Ce ne fut pas aussi simple que cela. En fait, c'est à partir de la prise de conscience de ce qu'est la raison que commença l'étude de la folie. Au 18ème siècle, on se mit à penser qu'elle était une sorte de sagesse caractérisée par la non-agression, la non-mort de son semblable ou de soi-même. En effet, découvrant enfin l'horreur de sa condition, l'homme comprit que s'il continuait à jouer à ce jeu dangereux il finirait par détruire la terre entière : la définition de la raison ne fut donc qu'une tentative visant à maîtriser cette pulsion destructrice. A partir de là, on élargit la problématique et on se dirigea vers la philanthropie. On pensa alors que tout individu qui n'aimait pas l'homme, c'est-à-dire qui était incapable d'apprécier l'autre lorsque celui-ci exprimait cette notion de non-destruction ne pouvait être qu'un fou. Par la suite, la science psychiatrique affina cette analyse et proposa des définitions, pas toujours convaincantes, de la vérité, principe à partir duquel on devait reconnaître la déraison. Très vite, on admit que lorsque l'individu ne perçoit pas les objets tels qu'ils sont définis par la physique on a affaire à un délabrement profond de l'intelligence. Cependant, comment allait-on reconnaître ces fous qui perçoivent le monde sans le comprendre ? On scruta un peu plus l'esprit humain et on découvrit les réactions automatiques, c'est-à-dire les attitudes ou les idées récurrentes non-motivées. Ainsi, on inventa la santé mentale. Tu comprends ?

- Je pense que oui : dans ce cas je ne peux pas être fou.

- Tu n'as rien compris. Un peu plus de pommes de terre.

- Pourtant, je ne suis pas un danger pour la société, je perçois la réalité, je la comprends et j'aime les gens pour ce qu'ils sont.

- Je ne crois pas que ce soit vrai. Tout à l'heure je t'observais caressant ton pull d'angora et j'ai la nette impression que tu détaches le plaisir de son objet. Ne pouvant accéder à l'amour de la femme, tu atteins le plaisir en déshumanisant le désir. Les fétiches féminins te protègent de l'impuissance, car de sa castration, et ils permettent ta jouissance sans elle. Lorsque tu dis que déguisé de la sorte tu accède à ta vraie nature, permets-moi de te dire que c'est rigoureusement le contraire puisque, manifestement, tu t'enfonces un peu plus dans ta folie en rejetant très nettement le plaisir objectal. Vêtu en femme, tu es plus que jamais un homme qui accède au plaisir sans l'inconvénient de devoir le partager avec la femelle. A cet instant, chez toi, il n'y a plus que de l'auto-érotisme. Le vin rouge est très impressionnant.

- Du fromage ?

- Non, merci, il faut tout de même que je fasse attention à mon taux de cholestérol.

- Que dois-je faire alors ?

- Une psychanalyse...

- Avec toi ?

- J'ai décidé de ne plus exercer. Je te donnerai l'adresse d'un confrère. Il faut que je téléphone à un ami : tu m'excuseras quelques instants. Je vais en profiter pour apporter le dessert.

Dire que je voulais faire semblant de ne rien voir ! Une fois encore, mon métier me poursuit comme la folie poursuit la raison. De toutes manières, les réactions humaines sont le produit d'un mouvement de l'esprit, aussi, chaque gesticulation de l'homme doit être expliquée d'une manière psychologique. Par conséquent, notre matière peut vite devenir les lunettes corrigeant la vue des sociétés. Grâce à nous, elles pourront, un jour, se voir telles qu'elles sont, et se comprendre aussi.

- C'est Alexandre au téléphone. J'ai un énorme problème de voiture : pourrais-tu venir avec moi pour en choisir une nouvelle ?

- Bien sûr.

- Alors je passerai chez trois vers trois heures. A tout à l'heure.

Je suis à nouveau assis à la même place mais quelque chose a changé : un gâteau au chocolat a remplacé les huîtres, un être désemparé me fait face. Il est vrai que je n'y suis pas allé de main morte.

- Ce que j'ai pu te dire aujourd'hui te transforme peut-être en un fou tel que les psychiatres et les psychanalystes l'entendent, cependant, tu restes un homme tout de même. Et puis, il vaut mieux vivre dans la vérité que dans un mensonge perpétuel ; tu ne crois pas ?

- Je ne sais pas : toutes ces années me semblent être un énorme échec. Ai-je donc gâché ma vie ?

- Que l'on soit fou ou raisonnable, on gâche tous un peu notre vie. Le bonheur est un absolu vers lequel on tend mais que l'on arrive rarement à attraper tant il est vrai que le filet de la lucidité se déchire souvent. En outre, les années qui te restent à vivre t'apparaîtront tellement plus sereines et riches.

- Tu crois ?

- Oui.

Mes jugements à l'emporte-pièce ont toujours eu un effet apaisant sur les gens. Ils me voient tellement sûr de moi qu'ils finissent par me croire sans chercher à me demander ce qui me conduit à douter si peu de ce que j'avance ! Ce sont tous des enfants qui attendent la vérité de leur père et qui ne mettent pas en doute sa parole parce que, tout de même, c'est leur père !

Terminant rapidement mon morceau de gâteau, je prends congé de Dominique. La porte de son appartement se referme. Je descends les escaliers dont le marbre est recouvert de velours rouge. Je lui enverrai une carte postale et, dans quelque temps, il viendra passer une semaine de vacances chez moi. Il a quelques qualités et beaucoup de défauts : je ne le déteste pas.

IL EST TROIS HEURES de l'après-midi et je sonne à la porte du jardin d'une grande maison bourgeoise du milieu du 19ème siècle. Des buis taillés conduisent le visiteur jusqu'au perron ; les rosiers sont en fleur, de même que les glycines ; le gazon est coupé de près ; il n'y a aucune mauvaise herbe. Tout est ordonné. La nature est maîtrisée. La porte du jardin s'ouvre automatiquement. Les graviers crissent sous mes pas. Un homme distingué, vêtu d'un blazer à boutons dorés, ouvre la porte de la grande maison. J'entre dans un lieu qui sent la cire d'abeilles. Les murs du vestibule et du salon sont couverts de vitrines abritant de multiples collections apparemment sans rapport les unes avec les autres. Cependant, que ce soit des minéraux, des coquillages, des presse-papiers ou des bibelots de porcelaine, une impression de couleur et de brillant se dégage de cet univers du tape-à-l'œil. Même l'hôte de ces lieux a quelque chose de clinquant : sa vie s'est déroulée dans des salons de coiffure, des instituts de beauté, des magasins de vêtements, les cabinets des meilleurs chirurgiens esthétiques. Son teint est idéalement hâlé, sa peau incroyablement lisse et parfaite pour un homme de son âge, ses chaussettes s'accordent à sa pochette, ses chaussures sont impeccablement cirées. Jean-Marc est une vieille petite fille modèle qui exècre la boue et le laisser-aller. Jean-Marc est une chochotte trop maniaque dont le caractère contraste considérablement avec cette apparence. En effet, il n'est ni un insupportable hâbleur, ni un extraverti vulgaire. Il se manifeste rarement, n'ouvre la bouche qu'avec parcimonie et seulement pour poser des questions judicieuses. Il observe le monde et ne partage le fruit de son étude qu'avec moi. Il se nourrit des autres en leur offrant peu. Certes, la majorité de ses interlocuteurs est flattée d'être l'objet d'une telle attention. Cependant, les autres, c'est-à-dire ceux qui n'ont que faire d'être étudiés de la sorte, finissent par se lasser car ils comprennent qu'il ne peut y avoir de dialogue. A la place, il y a toujours un monologue stérile. Aussi, on se détourne vite de lui. Pris dans son propre piège, il reste seul, et même en compagnie, on se demande toujours s'il n'est pas désespérément isolé car, assez conscient de lui-même, il ressent l'éloignement des esprits malgré la présence des corps. Le silence a du bon : il sied aux femmes qui, en l'adoptant, ne risquent pas de fâcher l'homme par une contradiction. Le silence peut également être dangereux car ne pas donner son opinion ou ne pas contredire revient à disparaître aux yeux des gens. Je me suis toujours demandé pourquoi il était aussi effacé. Finalement, j'ai compris qu'il nous cachait quelque chose de honteux. Il a honte de lui et son silence lui permet de ne pas se trahir. Que cache-t-il de si monstrueux depuis si longtemps ? Nul ne le saura jamais si ce n'est moi, mais moi, je ne veux plus le savoir.

- Tu as une marque de voiture préférée ?

- Non, j'en veux une qui roule bien et qui ait la climatisation.

- Tu en veux une neuve ou bien une d'occasion ?

- Une d'occasion, comme cela je n'aurai pas à la roder.

- Alors on va aller au garage d'à côté.

Nous nous dirigeons maintenant vers le garage mentionné en longeant le bois de Vincennes et en empruntant un chemin que je connais par cœur. C'est par là qu'enfant je passais pour aller à la piscine, c'est cette avenue que je remontais pour aller chercher ma femme à son travail, à la patinoire.

- Je quitte Paris demain : le fou du roi s'en va.

- Je me doutais bien que tu voulais me voir pour autre chose...

- Je ne reviendrai pas.

- Ton cabinet, tes patients, ton appartement, tes amis ?

- Je suis assez vieux pour prendre ma retraite et madame Britte réglera les questions matérielles. Mes patients trouveront un autre médecin : leur devenir ne m'a jamais réellement concerné. Quant à mes amis... Est-ce que j'en ai autant que cela ? De toutes manières, on est toujours seul au monde, seul face à la nature. Rejeté d'un corps à ta naissance, tu affrontes le monde seul, et seul tu déambules dans la vie. Rares sont ceux qui réussissent à faire mentir la loi sinistre de cette époque qui sépare les êtres.

- Je ne te reverrai donc plus ?

Il y a un je ne sais quoi de pathétique dans sa voix. Son regard vacille. Je le vois perdre pied.

- Tu viendras me voir en province.

- Ça ne sera pas la même chose ; tu ne seras plus aussi disponible.

- Dans combien de temps prends-tu ta retraite ?

- Dans cinq ans : c'est long cinq ans... On se voyait tellement souvent.

- C'est vrai qu'au fil des ans on avait fini par se retrouver tous les week-ends. On allait au cinéma. Je parlais un peu et toi pas du tout.

- On n'avait plus besoin de dire quoi que ce soit quand nous étions ensemble. On ne faisait plus semblant de traiter de sujets soi-disant intelligents pour justifier nos rencontres : on était ensemble et c'était la seule chose qui comptait.

- Il n'y avait plus de bavardage social. C'est ce garage-là ?

- Oui.

- Quelles est la marque de cette voiture bleue ?

- Jaguar.

- On va s'asseoir à l'intérieur ?

- Oui.

- Je n'arrive pas à ouvrir la portière.

- Appuie plus fort sur la poignée.

- Le cuir est de très bonne qualité.

- Il faudrait mieux regarder le moteur et la robustesse de la caisse avant que de s'attaquer aux détails.

- Elle n'a que dix mille kilomètres et elle est de cette année. De plus, le garage la garantit un an.

- Qu'est-ce qui t'a fait te résoudre à partir dans la précipitation ?

- Le hasard d'une prise de conscience. On ne sait jamais pourquoi c'est à un moment précis que l'on comprend enfin un problème resté incompris pendant des années : je ne veux pas continuer à vivre dans une ville et d'une manière qui ne me conviennent pas.

- Au cours de mon existence, j'ai rencontré des centaines de personnes mais aucune ne s'est installée dans ma vie. Je ne croyais pas que tu allais un jour faire comme tous les autres... On était assez proches... On a vieilli ensemble, j'avais pensé qu'on allait la terminer ensemble.

- Tu n'as donc aucun autre ami à part moi ? Il y a pourtant tant de gens autour de toi !

- Ils finissent toujours par ne plus m'appeler au téléphone, par ne plus me voir : je les lasse.

- Par ta discrétion tu finis soit par te faire oublier, soit par les renvoyer en face de leur propre solitude.

- Qu'est-ce que je vais devenir ?

- Liquide ton affaire et rejoins-moi à Sète.

- On vivra où ?

- Dans le petit appartement qu'avaient acheté mes parents. On n'est plus tout jeunes alors, à deux, on fera mieux face aux problèmes quotidiens. Et puis, on ira à la pêche, on mangera des huîtres, on relira l'œuvre de Paul et on l'apprendra même par cœur.

- D'accord, je règle mes affaires et je te rejoins. Il me faudra deux ou trois mois. Au fait, tu prends cette voiture ?

- Oui : il y a la climatisation, la couleur me plaît et les sièges sont confortables.

Le vendeur vient d'accepter un chèque après avoir vérifié ma solvabilité en téléphonant à ma banque. Jean-Marc sort du garage soulagé et même transfiguré ! Je me glisse dans ma nouvelle voiture et je rentre chez moi.

La porte du garage de l'immeuble se lève automatiquement. Je me gare à ma place. Je prends l'ascenseur : le cendrier est rempli de mégots alors que ce matin il était propre. Je m'arrête au rez-de-chaussée pour prendre mon courrier. Il y a plein de prospectus dans la boîte et une grosse lettre de mon voisin de palier. Pourquoi m'écrit-il ? Tiens, l'enveloppe n'est même pas timbrée ! S'il veut me parler, il n'a qu'à m'appeler au téléphone ou frapper à ma porte : je suis très souvent chez moi. Je m'assieds sur le petit banc en marbre de l'entrée de l'immeuble et j'ouvre l'enveloppe : deux clés tombent au sol. Ce sont celles de son appartement. Je les mets dans ma poche et je lis sa missive.

"Monsieur,

Je vous écris aujourd'hui car vous êtes psychiatre et les psychiatres sont familiers de ces choses-là. Je sais que nous nous connaissons peu mais vous avez l'air de quelqu'un de bien, et puis, je ne connais personne d'autre que vous. En effet, au fil des ans les amitiés se sont défaites et je n'ai jamais eu le temps, ni l'occasion, d'en faire de nouvelles. J'ai cinquante ans ; je suis seul ; je n'ai plus le goût de vivre : je ne rêve plus, je n'espère plus. Chaque nouveau jour est une souffrance supplémentaire et rien ne me raccroche plus à cette vie insipide. Le soir je me couche, je prends une pilule rose, je m'endors et j'espère que je ne me réveillerai pas le lendemain. Hélas le matin suivant mon réveil me rappelle que je vais encore souffrir toute une journée. Je prends alors une autre pilule mais cette chimie n'arrive pas à me faire oublier la tristesse de ma situation. Je n'ai plus de but à atteindre et si vivre est un but en soi, mon malaise m'impose d'en finir avec ce monde ignoble.

Je suis professeur d'histoire contemporaine à l'université ; je hais les étudiants ; je méprise mes collègues. Les uns sont bêtes, vulgaires, fous, incultes, prétentieux, monstrueux, les autres encore plus bêtes, vulgaires, fous, incultes, prétentieux et monstrueux que les premiers. J'ai mis des années à arriver à ce poste que je croyais être l'idéal. Étudiant, je compris que l'histoire était cette matière décrivant le passé pour mieux comprendre le présent afin de créer un avenir moins sombre. Par la suite, j'ai découvert que son action sociale était inexistante. A quoi bon faire quelque chose qui ne sert à rien ? A quoi bon faire revivre ce passé écœurant dont tout le monde se fout ? Déçu, j'ai, de la manière la plus servile qui soit, appris mes leçons. Lors des concours du secondaire j'ai récité mes leçons. Après les avoir réussis, j'ai à nouveau récité les mêmes leçons devant des élèves qui ne les comprenaient pas et ne les apprirent jamais. Je suis resté dix ans dans le secondaire, harcelé par ces élèves odieux qui vomirent leur bêtise sur moi et la terre entière? Devenu maître de conférences grâce à l'appui bienveillant d'un jury aux ordres de mon ancien directeur de thèse, j'ai appris à abhorrer ce milieu mesquin où chaque prérogative est disputée avec férocité. Les loups ne sont pas aussi cruels que ces gens-là ! Après des années de guerre, je suis devenu professeur et j'ai déversé mon fiel sur mes étudiants et mes collègues : qu'ils soient tous maudits ! Ce système pervers n'encourage que la bêtise la plus profonde et l'intrigue. Si je suis arrivé à ce poste, ne croyez pas que c'est grâce à mon talent. En fait, je suis le plus mauvais des historiens : je me contente, depuis des années, de réécrire sans cesse le même livre et les mêmes articles, de la manière la plus conventionnelle qui soit, sur des thèmes faussement à la mode. Personne n'ose plus me dire quoi que ce soit à ce propos. Je brasse de la mort et aujourd'hui j'ai décidé de mettre fin à mon existence. Aussi, vous trouverez, ci-jointes, les clés de mon appartement afin que vous puissiez ouvrir aux policiers. Adieu".

Je me précipite dans la cage d'escaliers. Je monte les marches le plus rapidement possible. J'ai connu des dizaines de suicidaires qui jouaient à faire semblant mais celui-là semble assez décidé. A la réflexion, je ne me souviens pas en avoir rencontrés qui n'aient pas lancé plusieurs bouteilles à la mer avant que d'en venir à cette extrémité. J'ouvre la porte de l'appartement. Il n'y a personne dans le salon. Je vais dans la salle de bains. J'ai peur de l'y trouver car c'est habituellement le lieu de scènes extrêmement macabres : personne dans la baignoire, ni derrière la porte ! Regardant dans tous les coins et recoins de la pièce, je ne trouve pas de boîtes de médicaments vides. J'ouvre l'armoire à pharmacie pour vérifier s'il y a des substances dangereuses. Je ne remarque rien de bien méchant si ce n'est ce flacon de benzodiazépines : il est plein. Je me suis véritablement affolé pour rien. De toutes manières, il ne semblait pas si désespéré que cela : vendredi dernier je l'ai encore vu faire ses courses au supermarché, je lui ai même dit bonjour ! C'est vrai qu'il n'était pas particulièrement souriant mais c'est un homme assez taciturne. J'entre dans la cuisine. Je vérifie la présence de tous les couteaux à découper dans le coffret en bois : il en manque un ! Ah non, il est dans l'égouttoir ! Le milieu qu'il décrit ne peut pas être aussi moche que cela : les historiens sont ni plus ni moins arrivistes que les autres. On peut les accuser de ne servir à rien, d'être incultes, de parler pour ne rien dire et de traiter de sujets complètement démodés mais ce ne sont pas des meurtriers : les pauvres cons ne poussent pas tous leurs collègues au suicide. J'entre dans une première chambre : tout est en ordre. Il n'y a rien de suspect dans les toilettes, ni dans le bureau. J'ouvre la porte de la deuxième chambre : il s'est pendu au lustre de cristal en employant l'embrasse du rideau ! Il n'y a aucun bruit. La pièce est dans la pénombre. Je n'allumerai pas le lustre. J'essuie les deux clés contre mon pull et je les glisse dans la poche de sa veste, posée sur une chaise, en prenant soin de ne pas les toucher. Personne n'a dû m'entendre marcher dans l'appartement car le sol est recouvert d'une moquette très épaisse. Je me dirige vers la cuisine et je prends un torchon afin d'effacer toutes les traces que j'ai pu laisser. Je refais alors en arrière le trajet de tout à l'heure en prenant soin de les essuyer avec de l'alcool. J'insiste particulièrement sur celles de l'armoire de la salle de bains. Les autres sont moins suspectes. De plus, il est assez normal que quelques-unes de mes empreintes figurent sur les meubles d'un voisin pas forcément totalement inconnu : ne pourrais-je pas m'inventer une relation de bon voisinage ? Il n'y a personne dans le couloir et plus de lumière. J'ouvre la porte et je la referme doucement. Par bonheur la serrure est silencieuse. En outre, il n'y a que deux appartements à ce niveau et le deuxième est le mien. Je longe le couloir ; j'ouvre ma porte ; je la referme ; je mets une casserole d'eau à chauffer et je plonge la lettre dedans : dans quinze minutes l'encre et le papier formeront une mixture gluante que je jetterai dans la cuvette des W. C., dans quinze minutes personne ne pourra plus savoir que c'est moi qui avait été désigné comme exécuteur testamentaire de mon sinistre voisin. Que faire de la bouteille d'alcool et du torchon ? Je n'y pensais déjà plus. Je vais les jeter dans le vide-ordures : le service de nettoiement passe dans quelques minutes. Je cours vers la fenêtre : j'aperçois la benne. Je mets les deux reliques de ma rage purificatrice dans un sac de plastique que je noue soigneusement et je jette le tout dans le vide-ordures. J'entends le bruissement du sac descendant le long du conduit. Le concierge sort les deux poubelles : il attend toujours le dernier moment. Je vois mon sac en plastique se mélanger aux autres ordures de la rue. Je verse le contenu de ma casserole dans la cuvette des W. C. et je tire la chasse d'eau. Non ! J'ai oublié d'effacer mes empreintes sur sa porte d'entrée. Je sors à nouveau et j'essuie la poignée avec mon pull. Je n'ai pas allumé la lumière ; je n'ai pas fait de bruit. Je referme ma porte toujours silencieusement. Je pars demain pour Sète : rien ne me fera changer d'avis si ce n'est ma propre mort. Dans quelques jours, du fait de l'odeur, les pompiers découvriront la scène macabre de l'appartement d'à-côté et moi je serai loin. Je n'aurai même pas besoin de répondre aux questions des policiers tant le suicide est évident. Je ne voulais pas être impliqué dans une histoire inutile et c'est pour cela que j'ai effacé toute trace de ma présence. S'il avait été vivant, je l'aurais aidé : il est mort et je n'ai pas de rôle à jouer dans cette pièce de théâtre. Je n'arrive même pas à m'émouvoir de ce que je viens de vivre. En somme, n'était-il pas aussi détestable que le système qu'il décriait ? Après tout, il l'avait accepté, en avait été un rouage important et n'avait rien fait pour le faire cesser. De la sorte, il le cautionnait. Il n'était jamais qu'une victime consentante et donc coupable dans une certaine mesure. Le maître à penser détesté, au faux savoir et au cœur desséché, est pendu au lustre de cristal d'une chambre de l'appartement d'à côté. Il n'y aura personne pour le pleurer. C'était un être sans importance. J'oublie déjà son visage. N'a-t-il jamais existé ?

Chapitre IV :
LA FUITE.

J'AI BIEN DORMI CETTE nuit : ma conscience libérée a laissé mon esprit se reposer. Je fais mon lit et je m'habille. La sirène des pompiers retentit. J'ouvre la porte-fenêtre du balcon. La grande échelle est déjà dépliée ; deux hommes grimpent ; le premier casse un carreau. Je regarde la scène de mon balcon. J'entends des bruits de pas de personnes courant dans les escaliers. On leur ouvre la porte. Qui a bien pu les prévenir aussi vite ? La voisine du dessus ? Impossible, ils ne se sont jamais adressés la parole et ne se surveillaient pas particulièrement l'un l'autre. Quant aux autres habitants de l'immeuble, ils ne l'ont jamais fréquenté. De toutes manières, tout le monde ignore tout le monde et, ainsi, personne ne gêne personne. Quelle heure est-il ? Huit heures. L'alerte n'émane donc pas d'une connaissance de travail. Les pompiers se parlent par l'intermédiaire d'émetteurs-récepteurs. Ils vont bientôt trouver le corps froid et pendu au lustre de cristal de la dernière chambre du grand appartement. Qui a bien pu se souvenir de son existence ? Arrivait-il à contenir assez sa misanthropie pour que l'on puisse le supporter ? Non, et pourtant... Il a peut-être envoyé un double de la lettre à quelqu'un d'autre, à un psychiatre... Mais qui ? Dans tous les cas de figure, je nierai obstinément : ma mauvaise foi me permettra de fuir Paris aujourd'hui même. Mes voisins regardent maintenant la scène de leur fenêtre : les voilages s'agitent et ne cachent pas leur curiosité malsaine. Des dizaines de gens sont massés autour de la grande échelle. On s'épie. Certains souhaitent le pire : la mort des autres rassure puisqu'elle démontre qu'il y a plus malheureux que soi. Je veux les fuir. Sur le balcon d'à côté un homme caparaçonné parle dans un émetteur noir ; un autre émetteur reçoit le message ; une femme vieille et desséchée pleure son fils. Il avait donc une mère. De mon balcon, je l'entends sangloter. Qui pleure-t-elle donc ? Son échec, sa fierté, son passé, un être aimé malgré ses faiblesses ? Elle bafouille quelques mots : "c'est moi qui aurait dû partir la première" ! Dans la foule quelques sauvages se réjouissent de la voir souffrir. Je les hais.

Quelqu'un frappe à ma porte ; je vais ouvrir : c'est le capitaine des pompiers.

- Je m'excuse de vous déranger mais nous aurions besoin d'une paire de ciseaux.

- Vous ne me dérangez pas du tout. Entrez, je vous en prie. Quels genres de ciseaux désirez-vous ? Des petits pour couper du fil à coudre ?

- Oh non, il faudrait de gros ciseaux de cuisine capables de sectionner un cordon d'embrasses de rideaux.

- Dans ce cas, un couteau bien aiguisé ferait aussi bien l'affaire. Je vais vous prêter un couteau à découper. Celui-ci est mal aiguisé : un passage sur le fusil est nécessaire. Au fait, que se passe-t-il à côté ?

- Votre voisin s'est suicidé.

- Ah ! Remarquez, vous ne me surprenez pas tellement : c'était un homme secret et taciturne qui ne portait pas la joie de vivre sur son visage. Allez-vous poser des scellés sur la porte ?

- Se sont les policiers qui le feront. Nous venons de les prévenir.

- L'enquête sera-t-elle longue ?

- Ça m'étonnerait : il n'y a aucun doute sur son suicide et cela d'autant plus que sa mère nous a déclaré que ces derniers temps son moral était au plus bas.

- Voici votre couteau, capitaine.

- Je vous le rapporte tout de suite.

J'attends l'épaule contre le montant de la porte d'entrée le retour du pompier et de cet ustensile qui a tranché et désossé tant de pièces de viande. Couper un cordon de soie enlaçant la tête perdue d'une âme détestée et pendue à un lustre de cristal : quelle décadence pour un couteau de cuisine ! L'homme revient déjà.

- Ça a été ?

- Très bien. Je vous remercie.

- De rien.

Je referme ma porte. Il aurait aimé rester plus longtemps afin de fuir l'enfer d'à côté ; les ciseaux n'étaient qu'un prétexte. La sirène de la police retentit. Je me demande pourquoi ils ont décroché le corps avant de prendre les clichés photographiques qui figureront dans le dossier judiciaire : les gens de la police le leur reprocheront. Se peut-il que le capitaine des pompiers ait craint un effondrement du plafond ? C'est peu probable : il a plutôt cherché à rendre plus supportable une pièce de théâtre écrite par une autre que lui. J'entends des éclats de voix ; je colle mon oreille contre le mur : on lui fait grief de ne pas les avoir attendus. En regardant pas la fenêtre je remarque qu'il y a encore plus de monde : ils attendent le corps. La petite vieille pleure toujours. Deux brancardiers apportent l'objet tant désiré. Des oh et des ah ne masquent pas l'indicible jouissance ressentie par la foule : les yeux roulent, les lèvres vibrent, les poitrines se soulèvent, les hanchent se courbent. L'homme naît mauvais et le reste toute sa vie ! Ce tableau est révoltant. La seule personne décente reste la mère de la victime car l'individu qui souffre est toujours plus estimable que celui qui aime. Quand je regarde l'homme se tordre de douleur il m'apparaît plus humain ; c'est à ce moment que l'on comprend qu'il peut être faible, inoffensif et pitoyable. Je l'aime lorsqu'il est inoffensif. De ma fenêtre je dévisage la mère de l'homme. Personne ne s'occupe d'elle ; les yeux sont tournés vers le cadavre ; elle s'écroule ; on ne l'a pas remarquée ! Le soleil brille déjà et le ciel est d'un bleu ravissant : cette journée aurait pu être très belle. Je rentre dans le salon. Je ferme la fenêtre. Je baisse les volets, tous les volets de l'appartement, et j'allume la lumière. Je dois partir d'ici.

Je descends une malle et deux valises d'un placard. Je suis au milieu de soixante ans de souvenirs bien rangés : ce passé ne tiendra pas dans une malle et deux valises ! Je vais devoir choisir ce que j'estime être le plus important. Je prends quelques affaires de toilette et je les mets dans la première valise. J'y place également deux pantalons, quatre chemises, trois pulls : elle est déjà remplie. Je furète dans l'appartement : j'ai l'impression de le découvrir. Je regarde des murs que j'ai ignorés mille fois : il y a quelques lithographies et reproductions sans beaucoup d'intérêt si ce n'est pour mettre de la gaieté. Une grande affiche de Kandinsky y réussit à merveille : on devrait imprimer du papier peint en utilisant ses figures géométriques si colorées. Tiens, je ne me souvenais pas avoir acheté ce machin de Warhol : c'est une énorme capsule de Pepsi-Cola accompagnée du slogan "Say 'Pepsi please'" ! J'ai dû accrocher ça là pour me moquer de cette société qui a érigé en philosophie, en ligne de conduite, et comme déifié ce que l'on nomme le bien-être matériel. A côté de cette plaisanterie une mosaïque que j'ai faite il y a quarante ans s'ennuie dans la pénombre. Il s'agit d'une scène de plage bien singulière. En effet, le sable n'est pas uniforme : des lignes serpentent et se croisent pour souligner une sorte de damier noir et beige. Dans une case, une marguerite se fane derrière des barreaux ; dans une autre, la silhouette de mon père en uniforme militaire tire au pistolet vers je ne sais quoi ; surgissant du sol, une main brandit une épée ; une tête disparaît dans le sable ; une gigantesque femme regarde ce qui se passe sous ses yeux ; au loin, un homme est pendu à un arbre brûlé ; de petits personnage marchent sur les lignes qui délimitent les carrés ; la mer ondule ; le soleil se couche ; dans un ciel bleu-clair, un visage à peine esquissé se lamente. Depuis cette époque, je n'ai pas changé : les gens d'aujourd'hui étant aussi peu sages que ceux d'hier, ma vision du monde ne peut être que pessimiste. Je décroche le tableau et je le pose dans le fond de ma valise : j'ai encore besoin de ce passé. En revanche, je laisserai ici ce grand papyrus sur lequel un peintre égyptien sous-payé a reproduit servilement un pharaon chassant je ne sais quelle peuplade de son royaume. Les poissons de Paul Klee ne m'intéressent pas ; les montres molles de Dali non plus. Je regarde ma bibliothèque : il y a tant de livres d'histoire et si peu ont été écrits par des français ! Comment cela se fait-il ? C'est vraisemblablement parce que les français ont tué leur matière à force de nommer leurs amis incompétents à des postes de maître de conférences et de chercheur. Feu mon voisin n'était que l'illustration de ce népotisme. De plus, l'histoire nécessite une objectivité, une inventivité, une hauteur de vue, une ouverture d'esprit qui sont autant de qualités qui font défaut aux français. Ils ont toujours préféré le confort des sentiers battus, la sécurité de leurs idées reçues. Ce ne sont pas des aventuriers du savoir : leur esprit est mort. L'anglais le plus bête sera toujours plus inventif et plus critique avec lui-même que ces gens-là. Le français préfère masquer sa bêtise plutôt que de travailler à la détruire. Tout est tape-à-l'œil chez lui : ne le croyez pas subtile car il cache, en fait, sa superficialité sous les dehors maniérés du verbiage de sa chapelle. De toutes manières, il ne maîtrise même pas sa langue. Pour trouver quelqu'un qui la parle et la comprenne il faut aller en Belgique ou en Suisse. Je suis aigri et je cherche un livre, le livre essentiel à ne surtout pas oublier. Ça y est : je l'ai trouvé. Il s'agit d'un ouvrage de Charles Martinet, un esprit libre et le dernier historien de valeur de ce pays. Il a eu le courage de se battre contre l'étroitesse d'esprit et la médiocrité des gens de son milieu. Je feuillette son livre. De quoi parlait-il exactement ? De l'arrivée des métaux précieux à Barcelone durant la période moderne, si je ne m'abuse. Je me souviens qu'avant lui on pensait qu'à partir de 1620, environ, on entrait dans une phase dépressive produite par l'arrêt presque brutal de l'arrivée des métaux avec lesquels on faisait les pièces de monnaie. Hélas, beaucoup de ses collègues ne le crurent pas : il est tellement confortable de ne jamais remettre en cause ses rêves d'enfant ! A la page 321 je retrouve un graphique récapitulatif. Je ne m'étais pas trompé : de 1621 à 1660 l'or et l'argent continuent à arriver à Barcelone et, après cette période, il y a même une augmentation du trafic ! Il est plaisant de voir qu'un homme de ce pays de crapauds décérébrés a osé se rebeller pour une juste cause : faire triompher la vérité des chiffres récoltés avec peine en détruisant les théories contestables. Je ne serais donc pas seul à me battre contre la subjectivité ? Mais il est peut-être mort ! Peu importe, ce qu'il a dit existe encore et les vivants pourront toujours agiter ce fétiche contre la bêtise. Je mets le livre dans ma valise. Je retourne vers le meuble vitré. Je saisis un album de photos. A Quoi bon rassembler toutes ces images de notre vie ? Notre mémoire est elle aussi faillible que cela ? Sur la première page une photo en noir et blanc retrace un moment de ma vie d'enfant : j'ai cinq ans et je reçois un livre d'images lors d'une distribution de prix. Je ne me souviens même pas de cet évènement : c'est tellement vieux et tellement étranger à ce que je suis aujourd'hui ! De plus, j'ai occulté toute cette période car j'ai franchement détesté l'école. Je m'y ennuyais tellement et puis je n'y ai rien appris : c'est mon père qui m'a enseigné les rudiments du calcul, du français et, par la suite, j'ai fréquenté les bibliothèques. Nul n'a jamais rien appris dans ces institutions qui n'ont pour but que de garder des enfants laissés là par des parents qui majoritairement sont très contents de ne pas devoir les supporter à longueur de journée. Pourquoi en font-ils alors ? Est-ce pour prouver à leur conjoint qu'ils l'aiment ou qu'ils essaient de l'aimer ? Est-ce pour faire comme tout le monde ? N'ont-ils jamais eu une bonne raison ?! Je tourne les pages de l'album : je me vois grandir, partir à l'armée, me marier. Il n'y a pas que de mauvais moments là-dedans. Arrivé à l'âge adulte les photographies de moi disparaissent rapidement ; après trente ans, il n'y en a plus aucune ! Je n'ai jamais beaucoup aimé être devant l'objectif car il y a quelque chose de cruel à vouloir retenir le souvenir du temps qui passe : bien des années après, on regarde le papier glacé et on a du mal à sourire lorsque l'on sait que l'on ne pourra plus jamais revivre ces instants. Les personnes figurant dans cet album ne peuvent même pas ressasser avec moi des anecdotes prouvant que l'on n'a pas toujours vécu dans la solitude : elles sont toutes mortes. Je dois être très vieux ! Je détache machinalement la photographie de ma grand-mère, celle de mes parents et une de ma femme. Je les pose sur le livre ; je ferme la fermeture éclair. Je n'emporterai rien d'autre.

Il est neuf heures vingt ; j'appuie sur le bouton rouge du disjoncteur ; je ferme l'arrivée d'eau ; j'ouvre la porte et je dépose les deux valises sur le palier. Je claque la porte. Il n'y a plus personne dans l'appartement d'à côté. Je tourne la clé deux fois à droite. Ne te retourne pas, fuis Alexandre L car ce n'est pas toi que tu fuis mais ça et eux ! Je marche d'un pas décidé vers l'ascenseur. J'appuie pour la dernière fois sur le bouton d'appel et pour la dernière fois je vois les deux portes se refermer pour s'ouvrir au niveau du parking. Je place mes bagages dans le coffre de la voiture anglaise. Je mets le contact. La porte du garage s'ouvre. Je ne me retourne pas. Je roule vers la liberté. J'accélère. J'entends le frottement des pneus sur les pavés et l'asphalte. J'accède à l'autoroute ; il n'y a pas grand monde. Je ferme les fenêtres : quel silence! J'accélère encore. Je mets le cap vers le sud. Je suis un oiseau migrateur qui réalise son dernier voyage. Je suis une hirondelle qui a choisi de terminer sa vie sous des cieux plus clairs, dans une atmosphère plus pure et plus chaude. Je me sens libre. Je suis libre. Je regarde le ciel ; je songe à l'immensité de l'univers, à la petitesse de notre terre, au côté dérisoire des tribulations des hommes. Des insectes s'écrasent sur mon pare-brise et le souille de leur sang. Je fais face à l'éternité et je me demande quel est le but de tout cela. Je regarde les nuages ; mon esprit les transperce ; il s'élève dans l'atmosphère et s'enfuit vers l'infini. Comme la terre est belle vue de si loin : c'est un tout petit point bleuté, une aigue-marine étincelante. D'ici, la souffrance, la bêtise, la cruauté, les vices des animaux qui peuplent la planète sont invisibles. Nous entrons dans la dimension du non-animé mais pas du mort. Se mélangeant, les gaz forment des substances compliquées finissant par se solidifier sous l'action de températures et de pressions phénoménales. Des planètes tournoient autour de soleils qui tournent eux-aussi. Les galaxies voyagent, des comètes portent des messages, l'univers croît. Y-a-t-il des colonnes d'Hercule ? On dit que non. L'univers est-il une poésie sans fin ? Sa croissance serait alors le seul phénomène dynamique éternel ? Tout n-a-t-il pas une fin ? Je ne sais pas : j'ai le vertige et mes mains se cramponnent au volant. A quoi rime tout cela ? Pourquoi les choses sont-elles ainsi ? Y-a-t-il une logique qui décide de la création et de la destruction de la matière et de la pensée ? Pourquoi avoir inventé la vie et donné assez d'esprit à l'homme pour que la conscience de sa mort le fasse se lamenter durant toute son existence ? Le hasard serait-il le maître d'œuvre de ce ballet bien réglé ? Pourquoi est-ce sur terre que le malheur de la vie a commencé ? La mauvaise plaisanterie existe-t-elle ailleurs ? Sommes-nous seuls au monde ? L'espèce dont nous faisons partie disparaîtra-t-elle un jour ? La seule créature raisonnable et folle doit-elle réellement périr ? Les mauvaises histoires et les meilleures doivent-elle avoir une fin ? Je ne sais pas. Je me perds dans l'univers, mon esprit se dissout dans l'éther. La mort physique n'est pas forcément la conclusion de toute histoire. L'éternité à quelque chose de terrifiant. L'univers ne disparaîtra pas. Se transformant, il donnera toujours naissance à quelque chose. Il se peut que celle-ci soit inanimée mais il n'en reste pas moins sûr que le vide a une réalité et une dynamique génésique puisque c'est du néant que nous venons. Je suis aux confins du monde inconnu et j'admire le mouvement de cette mécanique céleste. La nature, entité odieuse qui donne et reprend la vie, peut être belle aussi : des étoiles rougeoient et s'unissent à des cieux bleu-marines, des diamants gravitent autour d'une planète embrumée, une lune dorée réfléchit la lumière d'un soleil qui s'éteint, un astre gelé se perd dans un trou noir. Petit, je suis si petit au milieu de cette immensité...

ÇA FAIT DES HEURES que je roule. Le voyage est monotone car la route est trop droite et traverse des paysages sans intérêt. Il est deux heures de l'après-midi, j'approche de Clermont-Ferrand et ma tête est toujours dans les nuages alors que mon esprit voyage vers Orion. Un auto-stoppeur me fait redescendre de ces hautes atmosphères. Je m'arrête près de lui. Il court vers la voiture. Je baisse la vitre de droite.

- Vous allez où ?

- A Montpellier.

- Alors montez : je vous y déposerai. Je vais à Sète. Mettez vos bagages sur la banquette arrière.

J'enclenche la vitesse ; j'appuie sur l'accélérateur. Je file vers Montpellier.

- Je vous remercie vraiment monsieur : ça fait trois heures que je suis sur le côté de la route et personne ne s'est arrêté.

- Les gens ne s'intéressent pas au sort des autres. En outre, la peur panique de l'étranger les conduit à imaginer les pires scénarios : un auto-stoppeur bien inoffensif devient très vite suspect. Dans la tête des gens qui n'ont pas voulu de vous, même les enfants commettent des crimes abominables pour un peu d'argent, mais n'a-t-on jamais vu un écolier tuer un automobiliste avec une paire de ciseaux à bouts ronds ?

- Vous êtes un marrant vous !

- Vous êtes la première personne à me dire cela. On a plutôt l'habitude de me voir comme la raison assénant des vérités difficiles à admettre.

- Vous faites quoi dans la vie ?

- J'étais psychiatre libéral et vous ?

- Gymnaste.

- Peut-on vivre de cette occupation ?

- Non, c'est pour cela que je vais à Montpellier : mon père a un restaurant et il m'embauche comme serveur.

- Vous n'avez pas voulu devenir entraîneur ?

- Je ne crois plus en mon sport alors à quoi bon entraîner des enfants à faire une chose que l'on a fini par détester.

- Comment passe-t-on de l'amour au dégoût ?

- Pendant des années j'ai enduré des choses bien difficiles. Je me levais à cinq heures du matin pour m'échauffer en courant dix kilomètres. A sept heures j'étais déjà au gymnase et j'y restais jusqu'à midi. Ensuite, je partais pour l'école afin d'effectuer une journée se terminant à six heures.

- Toute discipline est aliénante. Ne croyez pas que vous étiez le seul à travailler. J'ai moi-même fait des études qui durèrent longtemps, furent peu payées et me virent passer des heures et des nuits dans les hôpitaux parisiens.

- Oui, mais l'enseignement que vous suiviez n'était pas aussi absurde que le mien. Figurez-vous que la pédagogie de nos chers professeurs consistait à nous faire exécuter des sauts et des figures en nous les expliquant une seule fois et en nous sanctionnant par des brimades lorsqu'on ne les réussissait pas. Un jour, travaillant au sol sur un double saut périlleux arrière tendu, je réussis très bien le premier et pas du tout les autres. Partant du principe que j'avais compris le premier on ne corrigea pas mes fautes lors des exercices qui suivirent. Je n'arrêtais pas de tomber, mon corps était couvert de bleus, et pendant des heures mon entraîneur ne cessa de hurler que je faisais exprès de me tromper. A la fin de la séance j'eus le droit de faire deux cents pompes.

- C'est ce que l'on appelle de la pédagogie.

- Le pire c'est que toute ma vie de sportif de haut niveau s'est déroulée de cette manière.

- Vous avez dû avoir des moments moins difficiles, voire des satisfactions ?

- Au début j'étais content de gagner des compétitions mais par la suite c'est devenu une routine sans intérêt. Se battre contre un adversaire est d'abord plaisant puis, en grandissant, on ne cherche plus systématiquement à écraser les gens pour se prouver qu'on est le plus fort. On n'est jamais le plus fort, ni le meilleur : il y a toujours quelqu'un pour vous faire tomber de votre piédestal afin de vous reprendre cette médaille d'or qui brille d'un faux éclat.

- La vie ne doit pas être une guerre sans fin et c'est après l'adolescence que l'homme sain d'esprit découvre cette lapalissade. Hélas, tout le monde ne partage pas mon opinion.

- Je suis tout à fait d'accord avec vous. Dans mon sport, une fois adulte, j'ai fraternisé avec mes adversaires d'autrefois et la course aux honneurs est devenues dérisoire.

- Vous auriez pu continuer à le pratiquer dans le but de vous dépasser, pour vous prouver que vous pouviez effectuer des figures que vous ne faisiez pas auparavant. Plus vieux, vous vous seriez fait plaisir en exécutant les mouvements de votre jeunesse et un simple salto vous aurait plus contenté qu'un triple d'autrefois.

- J'étais trop jeune pour m'en rendre compte.

- Ce qui m'étonne c'est que vous n'étiez pas conscient de la grâce que vous ameniez aux spectateurs lors de vos démonstrations.

- Il y avait trop de travail derrière et ce côté dérisoire de l'homme qui cherche à faire le plus de tours en l'air. A quoi bon tout ce cirque pour tant de futilité ?

- Quelles sont les choses véritablement importantes ? Est-ce que l'homme qui guérit un malade est plus important que celui qui fait rêver ?

- Oui.

- Je n'en suis plus si sûr. Au fait, avez-vous participé aux jeux olympiques ?

- Oh oui !

- Et alors ?

- Quatre ans de préparation pour finir mal classé.

- C'est votre seul souvenir ?

- Le stress, je me souviens surtout du stress lorsqu'il s'agissait de se présenter devant un appareil : la foule était imposante et mes adversaires redoutablement efficaces. En outre, il y avait le regard pesant des juges qui ne manquent pas de sanctionner la moindre erreur, de l'entraîneur détesté car incapable de vous faire progresser avec sa méthode contestable, des dirigeants de la fédération qui vous diminuent toujours lorsque les résultats ne sont pas assez brillants, des milliers de téléspectateurs. Je ne voulais pas être ridicule devant tant de monde ; je ne voulais pas démériter ; le drapeau français devait s'élever et la marseillaise retentir.

- Personnellement j'ai toujours détesté cet hymne plein de haine, de folie, de sang et je ne supporte pas ce qui se rapporte, de près ou de loin, à ce que l'on nomme nationalisme. Dire que la glorieuse nation française s'est construite sur cette sauvagerie paranoïaque de l'époque révolutionnaire et impériale ! Ça ne m'étonne pas que les français soient aussi prétentieux alors que rien, rigoureusement rien, ne justifie cette fierté. Deux cents ans après cet évènement, leur esprit est toujours aussi vicieux : il est tellement sectaire qu'il refuse toute vérité venue de l'étranger et finit par sombrer dans un ethnocentrisme confinant au racisme le plus écœurant. Il y a quelques années, ils ont voulu, sournoisement, réunir les autres nations européennes afin de mieux imposer leurs idées. Derrière chaque français il y a toujours l'ombre de Napoléon qui rode. Malgré cela, la France est un très beau pays, il faudrait juste qu'on le vide de tous ses habitants afin de le transformer en zone de villégiature pour Européens cultivés. J'espère que vous avez fait exprès de rater votre mouvement afin de ne pas voir s'élever l'étendard de la mort et écouter retentir l'hymne de la destruction.

- J'ai effectivement loupé toute la compétition, mais c'est uniquement parce qu'il y avait trop de pression sur moi. Je ne pensais pas tellement à ce que pouvait bien symboliser la monté des couleurs. Je ne savais pas à quel point je servais leur orgueil national. J'ignorais que les Français étaient comme vous me les décrivez.

- Je suis infiniment persuadé que les atavismes nationaux existent. Liés à une histoire particulière, ils produisent une culture singulière, c'est-à-dire un certain état d'esprit principalement véhiculé par une langue et un vocabulaire jamais innocents. Par conséquent, lorsqu'un Français ose vous dire que la bêtise et la sauvagerie sont partagées par tous les peuples du monde, ne le croyez pas. Ignorant le présent et le passé des autres nations, l'actualité et l'histoire des mentalités des peuples, il essaie, de la sorte, de ravaler l'humanité, dans sa totalité, à son propre niveau de sottise. Certes, il y eut des pays qui ensanglantèrent le monde mais d'autres ne suivirent pas ce chemin. Quant à lui, il a trop souvent choisi d'emprunter la mauvaise voie en feignant de prendre l'autre : lorsqu'il parle il emploie même le langage des fous meurtriers qui plongent leur couteau dans les corps innocents et se gargarisent de droits de l'homme pour tenter de masquer leurs crimes monstrueux. Il n'abuse plus grand monde. Désormais, quand je regarde le chiffon qui le fait se dresser et l'a fait mourir pour tous ces faux-semblants, je ne vois plus qu'un ciel d'été frémissant devant l'innocence assassinée. ...Nous entrons dans Montpellier. Quelle est votre destination exacte ?

- Mes parents habitent près du zoo. Votre vision du monde est bien pessimiste.

- Je connais trop bien ce monde-là pour être optimiste. J'ai, pendant trop d'années, scruté les cerveaux dérangés et ceux supposés sains pour admettre aujourd'hui l'existence d'un semblant de raison et d'humanité partagé par le plus grand nombre. Je me demande parfois s'il n'y a pas plus d'intelligence et de compassion derrière les barreaux des cages du zoo de Montpellier !

Je laisse l'auto-stoppeur perplexe sur le côté de la route, en face d'un immeuble moderne sans charme. Je me gare au parking du stade et je remonte la rue qui mène au lieu que je veux visiter. J'ai besoin de me reposer un peu car à force de conduire, la fatigue risque de ma faire commettre des fautes qui, sur la route, deviennent vite dramatiques. J'entre dans un endroit forestier presque vide ; il faut dire qu'il est cinq heures moins le quart et qu'un jour de semaine, en plein mois de mai, les gens travaillent ou font semblant. Je longe une allée où des pancartes indiquent des noms d'arbustes et de plantes : pour un zoo, il y a peu d'animaux. Ah si ! Une loutre s'égaie dans un bassin. Comment font-ils pour qu'elle ne s'échappe pas ? Un grillage électrique l'en dissuade ! Le spectacle ne me passionne pas : je vais suivre le chemin fléché et aller découvrir les lémuriens. Ils sont regroupés dans un bâtiment en béton, divisés par genres, internés dans des cellules étroites avec des fenêtres de plexiglas ; Il y a peu de lumière ; une écuelle est remplie de pommes, une autre d'eau ; un tronc d'arbre voudrait nous faire croire qu'ils ne sont pas dans un milieu très différent de celui d'où ils viennent ! Ont-ils jamais vécu en liberté ? Ont-ils jamais vu leur pays d'origine : Madagascar ? Ce lambeau de nature ne les fera pas oublier, de toutes manières, qu'ils sont dans un univers carcéral créé par l'homme pour enseigner la nature à sa progéniture. Cependant, on oublie que ce que l'on nous présente n'est pas la nature : a-t-on déjà vu un lémurien marcher sur du béton ? Il ne leur manque plus que des chaussures et une cravate pour les transformer en ce que les crétins qui dirigent ce lieu dénaturé ont voulu comprendre de la nature. Je ne pense pas que ce souci de pédagogie justifie une telle mascarade : enseigner le faux est même extrêmement dangereux car c'est donner aux enfants des concepts discutables qui déforment la compréhension et même la perception des choses. On devrait détruire tous les zoos du monde, ou bien encore les remplir d'êtres humains afin d'enseigner aux animaux à quel point ils sont dangereux : ces derniers comprendraient vite que leur place ne peut être que derrière des barreaux. Nombreux sont ceux qui justifient l'existence de ces prisons par un souci de préservation des espèces rares. C'est un faux problème : la préservation des milieux naturels devrait être la priorité puisque c'est à cause de leur destruction que certains animaux disparaissent. De plus, même la préservation d'une espèce ne justifie pas un tel traitement. Laissez-les donc mourir paisiblement à l'orée d'une forêt que l'on saccage ; vue de cet angle, sa sauvagerie apparaît toujours moins cruelle. Je laisse les lémuriens face à leurs écuelles et je marche vers des cages renfermant des léopards. Un homme est là avec son fils ; il jette des cailloux aux deux créatures : franchement, j'ai vu des chats domestiques plus féroces que ces félins craintifs. Ils se rabattent vers le fond de leur cage. L'homme agité court de l'autre côté de l'édifice en fer. Son fils attrape un barreau et met son bras à l'intérieur comme pour les attraper. Je cherche en vain un gardien du regard. Les deux bêtes refluent vers nous, l'une feule ; le gosse prend peur et commence à brailler : son père se précipite vers lui et ne manque pas d'injurier copieusement les deux monstres. Comme il a fière allure le valeureux Tarzan avec ses cailloux et la cage aux barreaux d'acier pour le protéger.

- Savez-vous qu'il est interdit de déranger les animaux?

- Ce sont eux qui nous ont attaqués.

- J'ai vu votre cirque depuis le chemin qui vient de la ménagerie des lémuriens.

- De quoi vous vous mêlez vous ?

- De ce qui me regarde : lorsqu'un pauvre con de votre espèce ne respecte pas les règles de sécurité et de bienséance vis-à-vis d'animaux déjà très diminués par leur captivité.

L'individu fait alors mine de lever la main sur moi. Je la lui saisis et je lui tords les doigts ; c'est fou comme la haine peut accroître ma force physique. Il plie les genoux et je lui file un monumental coup de poing. Il saigne du nez. Je pense que je le lui ai cassé. Je hurle contre lui : "je vous trouve moins arrogant que tout-à-l 'heure. Partez tout de suite d'ici sinon je vous éclate la gueule à coups de talons et je donne votre cervelle à manger aux guépards. Alors le lâche, on est surpris de s'en prendre une par un vieillard ? Dégagez, vermines, vous faites partie d'une espèce bien plus commune que toutes celles détenues injustement dans cet endroit". L'homme fuit en me traitant de taré. Ça m'amuse. J'aime piétiner la bêtise et lorsque je daigne le faire, je le fais avec la cruauté d'un schizophrène en plein délire. Je continue mon chemin vers l'étang aux canards. Les deux prisonniers au poil tacheté me regardent avec insistance.

- Good-bye les chats !

J'arrive devant la pièce d'eau. Je m'assieds quelques instants sur un banc pour admirer leurs jolies plumes. Une grosse oie blanche, aux yeux très maquillés, remue des fesses ; un colvert se fait harponner par un cygne bien agressif ; deux canards dont j'ignore le nom parlent très certainement pour ne rien dire. J'adore les oiseaux parce qu'ils ne nous ressemblent pas : leur physique est fort différent, tout comme leur comportement. En outre, leur beauté est beaucoup plus pure car elle se détache de la forme pour s'en tenir aux couleurs. J'aime les couleurs. Je contemple encore un instant le soleil qui décline et couvre d'un voile oranger cet étang peuplé de canards ricaneurs.

Je marche maintenant vers l'autre partie du parc en me perdant tant il est grand. J'aperçois un bison qui perd sa fourrure et quelques vaches qui ruminent dans un fac-similé de ferme normande ! J'ai une grande considération pour ces dernières car elles sont rarement agressives et donnent naissance à ce qu'il y a de moins mauvais dans ce pays : le fromage de Brie. Je longe une cage réservée aux loups. Ils ressemblent à des chiens. De toute ma vie, je n'en avais jamais vu. Il est vrai que cet animal est devenu tellement rare que désormais on ne peut plus le rencontrer que dans ces lieux. En France, il y en avait en liberté il n'y a pas si longtemps. Les bergers les ont exterminés pour sauvegarder leurs moutons et leurs chèvres. Il n'y a plus de place dans ce pays pour des animaux qui empiètent quelque peu sur le domaine réservé aux hommes. De plus, la peur de la bête féroce qui dévore la chèvre de monsieur Seguin et le petit chaperon rouge n'est pas étrangère à sa progressive disparition. Je regarde de l'autre côté du chemin : des chimpanzés se disputent un fruit ; il serait tellement plus simple de le partager ! Je me tiens à distance des barreaux : ces créatures ont quelque chose de monstrueux. J'ai l'impression d'assister à la naissance de l'humanité ; j'aimerais tuer l'enfant qui naîtra de cette bestialité. Je les dévisage : elles sont si proches de nous physiquement, et elles expriment une sauvagerie qui ne m'est pas inconnue. J'ai vu à la télévision que dans une région reculée, dont j'ignore tout, certains de ces êtres vivent en société. Abandonnant la station accroupie, ils marchent presque uniquement debout, sans s'aider de leurs mains. Ils se battent sans cesse contre d'autre tribus de chimpanzés en s'armant de cailloux et de morceaux de bois. Il n'est pas rare qu'ils se mangent entre eux ! Et pourtant, on ne peut pas dire que cette conduite soit induite par l'action délétère de l'homme qui incarcère et rabaisse la nature puisque nous sommes dans les rares contrées encore vierges. Si les hommes disparaissent, la mauvaise blague pourrait-elle se reproduire ? Le mammifère poilu qui mange goulûment son orange devant moi ne doit pas être à l'origine d'une sale histoire...

- Sache que si un de tes descendants accède un jour à la perception, même confuse, de la raison, il sera trop tard pour déjouer cette qualité et l'écraser sous des tonnes de barbarie : la terre aura déjà achevé sa course. Lorsqu'il comprendra ce que sont l'univers et la vie, il mourra et son corps glacé, à peine éclairé par un soleil refroidi, se figera dans une pose extatique. Il aura beau prier, son dieu ne l'entendra pas ! La terre doit avoir une fin. Ne cherche pas à imiter celui à qui tu ressembles de trop : tu n'as rien à y gagner.

Le sifflet du gardien interrompt notre discussion. Je parle aux animaux maintenant ! Je presse le pas. Je dépasse l'entrée. Je monte dans ma voiture et je file vers Sète. Je me sens changer ; je glisse vers autre chose. Je regarde le soleil en face ; je le suis ; il me conduit vers la mer, l'origine et la fin. J'accélère ; Montpellier s'enfuit. Des flamands roses s'envolent. J'emprunte un pont pivotant. Le théâtre est toujours là. Je me gare devant chez moi au 20 de la rue Léonard. J'ouvre la porte du petit bâtiment, puis celle de mon appartement du rez-de-chaussée. J'ai oublié Paris ; est-ce une ville française ? Non, c'est un nom américain qui doit venir de perish, périr, c'est une ville fantôme de l'ouest qui a vu des gens s'entretuer pour un sous-sol riche en or. Je pose mes bagages sur le sol du salon. Je me lave rapidement et je me mets au lit. Je suis fatigué...

Chapitre V :
UN HOMME DÉCHU.

MES YEUX S'OUVRENT sur une pièce multicolore : les murs sont presque oranges, l'armoire, à droite, d'un bleu-vert souligné par des baguettes rappelant la teinte des murs, les voilages violets, le dessus de lit bleu foncé et rehaussé de motifs jaunes, le plafonnier rouge brique, les appliques mauves, le bureau marron clair, une affiche reproduit même une rose d'un rouge tirant sur le parme. Les fenêtres sont grand-ouvertes et le petit citronnier planté dans le sol de la courette me montre ses fruits. Je n'avais pas fermé les persiennes. Je regarde mon dessus de lit. C'est moi qui l'avais cousu. S'usant à force d'être lavé, j'en avais fait plusieurs dans le même tissu à motifs de fleur de lys : puisque le premier me rappelait de bons souvenirs, les autres se devaient de garder intacte cette idée du bonheur. Je me souviens encore de mon père peignant et de ma mère déposant un panier de fleur séchées sur le bureau. J'ouvre la valise aux souvenirs restée dans le salon. Je saisis leur photographie et je la dispose dans un cadre que je pose sur le bureau. C'est leur photo de mariage. Ma mère est dans une robe courte en dentelle blanche ; ces yeux sont très maquillés. Mon père est vêtu d'un costume en Prince de Galles. Ils ne vieilliront plus maintenant. Ils sont à jamais dans cette chambre qui est à eux-seuls. Je suis un intrus ici. Je saisis deux petits cadres et je ferme la porte pour ne pas les déranger. Je déchire les deux photos de moi disposées sous le verre un peu rayé que je remplace par celles de ma femme et de Marie, ma grand-mère.

Je mange un petit pain au chocolat sur le bar américain de la cuisine. Je dépose le cadre contenant la photo de ma grand-mère habillée d'une robe noire et portant plutôt bien ses quatre-vingts ans. Tu vois, je suis de plus en plus proche de toi : j'ai beaucoup vieilli et je cuis trop la viande aujourd'hui. J'ai même fini par manger une fois par semaine un chou farci préparé en alternant, dans un moule à soufflés, les couches de chou et celles de farce. Ta sœur le reconstituait mais c'était franchement se fatiguer pour rien. L'autre jour j'ai confectionné des petit pains frits au cantal et à l'épaule de porc ; j'ai également acheté des dragées. Le néon fait de faux reflets à la surface de mon café. Je me dirige vers la salle de bains. Elle est toute rose : c'est presque le Hollywood des années 30 ici. Je me lave les dents et je m'habille légèrement. J'entre dans le salon. Rien n'a changé si ce n'est la peinture qui s'écaille un peu en bas du mur du côté de la fenêtre et toute cette poussière qui prouve que ça fait bien des années que personne n'a habité l'appartement. Je suis incapable de dire Quand j'y ai séjourné pour la dernière fois ! Peu importe, l'humidité n'a rien abîmé : le canapé rayé bleu et blanc regarde les stores vénitiens en noyer teinté acajou, les deux fauteuils en rotin miel s'assortissent toujours aussi bien à la table du salon réalisée dans le même matériau, à droite, une table en pin et ses quatre chaises attendent des invités, une bibliothèque très moderne, un petit meuble de rangement et une télévision vieillotte posée sur une console aux lignes pures n'ont pas été dégradés par les vents salés qui traversent la rue Léonard. Je pose la photographie représentant ma femme sur la table du salon : comme tous les vieux je m'accroche à mes souvenirs et je parle à mes morts.

Du canapé, et à travers la grille de la fenêtre, je regarde le monde s'affairer. La mémé d'en face prépare le déjeuner pour ce petit fils qu'elle héberge depuis de nombreuses années. Je la salue d'un mouvement de la tête. Quel peut bien être le métier du rejeton indigne ? Je n'ai pas l'impression qu'il fasse quoi que ce soit. Il est vrai qu'encourageant ses vices depuis l'enfance, sa grand-mère n'a jamais cessé de lui donner l'argent qu'il réclamait. Néanmoins, au fil des ans, la fortune de mémé s'est réduite : les immeubles ont été vendus et l'appartement d'en face est désormais le seul bien qu'elle possède encore ! Sa faiblesse a été dangereuse pour elle mais aussi pour lui puisqu'elle l'a entretenu dans sa fainéantise et son désœuvrement. Je m'assieds sur le rebord de la fenêtre et j'arrose le géranium lierre. Ma voisine du 6 passe ; je la salue. C'est une jolie blonde d'une trentaine d'années appartenant à un parti politique représentant la droite populiste bien-pensante. Elle s'était présentée, il y a quelques années, aux élections municipales et avait obtenu un résultat assez encourageant. Il est vrai que les gens sont déçus par tant de choses qu'ils finissent par se tourner vers ceux qui leur promettent un avenir un peu plus radieux. Je la regarde passer par la porte de derrière du collège du bout de la rue : elle est professeur du secondaire, mais je ne lui ai jamais demandé ce qu'elle enseigne. Quoi qu'il en soit, il est certain que ses élèves apprennent au moins à mieux se tenir en société et à dire bonjour Madame, au revoir Monsieur ! Des enfants stationnent sur le trottoir d'en face ; ils sortent bien tôt de l'école : un professeur doit être absent pour une cause inavouable cachée par le certificat d'un médecin compatissant et complice. Dans le groupe un individu se détache particulièrement : ce doit être leur chef. Les hommes sont des animaux à peine dégrossis qui vivent en meute et se donnent des leaders, plus ou moins charismatiques, chargés de régler les conflits, de montrer la direction à suivre : à jamais enfants, refusant de prendre leur destin entre leurs mains, ils veulent être guidés. Un des adolescents l'appelle Gwenaël. C'est loin d'être un prénom du coin. J'imagine que son père est un marin pêcheur breton au chômage ayant trouvé du travail à Sète dans une usine de fabrication de bouteilles de verre servant à recueillir le vin du Languedoc. Mon raisonnement est plus que hasardeux : son scooter est trop neuf, ses vêtements trop soignés pour avoir été achetés avec l'argent d'un ouvrier. Il les a peut-être volés ? Pourquoi pas : il se peut que son air angélique cache une nature démoniaque. Je vois décidément le mal partout ! Tout de même, je devrais faire un peu plus confiance aux gens et, sans me fier à leur apparence, leur accorder l'innocence, espérer le meilleur puis pardonner leurs écarts s'ils sont pardonnables. Je ne devrais pas en faire de monstrueux coupables tout de suite. Ce Gwenaël n'est qu'un adolescent au milieu d'une bande de copains. Cependant, il m'apparaît bien âgé pour fréquenter la troisième d'un collège. De ma fenêtre j'arrive à voir les poils d'une barbe brune qui même rasée ne passe pas inaperçue. En outre, il doit faire plus d'un mètre quatre-vingts. Il a autour de seize ans et manifestement l'école ne doit pas être une passion mais bien un lieu où l'on s'amuse avec les garçons et les filles de son âge ! Je me dirige vers la valise qui contient encore une mosaïque. Où vais-je l'accrocher ? A la place de cette aquarelle représentant le Fuji-Yama : elle est décidément trop fade. L'attache va-t-elle tenir ? Ça a l'air. J'entre dans la cuisine pour chercher un sandwich au poulet acheté à Paris et qui se morfond dans un réfrigérateur complètement vide. Il faudra que je fasse des courses. La lumière du soleil éclaire maintenant la courette. Je jette un broc d'eau au pied du citronnier et je retourne dans le salon. Le petit-fils de la mémé gare sa moto devant ma fenêtre. Il est plus jeune que je ne me l'étais imaginé : il n'a guère plus de 25 ans. Son regard croise le mien, je plonge dans le bleu de son iris : pendant une seconde je me noie dans l'océan du néant. Sa pupille se dilate. Je tourne la tête. J'avale la dernière bouchée de mon sandwich. Je n'ai pas besoin de regarder ses avant-bras pour comprendre que son plaisir désobjectivisé se satisfait dans l'absorption de substances narcotiques. Il est de ceux qui enfoncent une aiguille dans une de leurs veines afin que leur sang achemine rapidement ce produit délétère vers un cerveau malade qui s'oublie dans les brumes épaisses des plaisirs chimiques. Il entre dans la maison d'en face et claque la porte.

DE RETOUR DES COURSES, je range les denrées périssables dans le réfrigérateur et les autres dans les multiples placards vides. C'est pas vrai, j'ai oublié le sucre ! Je retourne dans le salon pour chercher mon porte-monnaie resté sur la petite table. Je sors de l'immeuble. Le jeune homme à la moto passe devant moi, vérifie si le cadenas de sa chaîne de sécurité est bien fermé et s'en va vers la droite. Je le suis dans les ruelles qui mènent vers le port. Nous empruntons un pont, dépassons une cave à vin, quelques restaurants vides de clients, une laverie. Nous traversons un quartier très dégradé où le linge pend aux fenêtres d'immeubles décrépits se fissurant sous le poids des ans. Il entre dans un bar situé près du quai du Maroc, Je m'assieds sur un banc, en face d'un pêcheur d'anguilles. Je l'observe et, en même temps, je regarde la jetée, la mer emprisonnée, un bateau qui emmène des passagers vers le large. Le pêcheur sort une anguille. Des éclats de voix parviennent à mes oreilles ; je tourne la tête : deux hommes se battent dans la salle du troquet miteux. Le temps passe, je somnole, le soleil me réchauffe. Même ici, il fait froid pour la saison : le thermomètre accroché à la grille en fer forgé de la rue Léonard affichait 24 degrés Celsius à midi. Devant moi, le seau se remplit peu à peu d'anguilles. L'homme à la moto parle a quelqu'un ; il lui donne de l'argent en échange d'une enveloppe. Avant aujourd'hui, je ne m'étais jamais intéressé particulièrement à la drogue. Certes, étudiant, j'avais suivi quelques cours de toxicologie abordant vaguement le problème, plusieurs fois j'avais même vu quelques-uns de ces individus me passer devant, chez le pharmacien, tellement pressés qu'ils étaient d'obtenir la petite seringue à insuline, instrument indispensable pour entreprendre un voyage vers l'enfer de Dante ou de Mister Hyde, mais ce sont là mes seuls souvenirs. Je vivais dans un univers éloigné de cette triste réalité : mes patients se droguaient avec des substances légales, remboursées par la sécurité sociale, assez inoffensives pour pouvoir être administrées pendant des années sans induire d'effets indésirables inquiétants, d'autant plus que je contrôlais soigneusement la posologie. En outre, je ne suivais pas particulièrement les séries télévisées abordant le thème et les racontars des Charentonnais me laissaient dubitatif. Mon esprit scientifique et méticuleux a toujours recherché les preuves indiscutables des faits que l'on rapporte : lorsqu'on crie au feu, je préfère vérifier si quelque chose brûle ou si l'incendie que l'on craint n'est pas que la fumée d'une poêle remplie de graisse laissée sur le gaz par une ménagère négligente en train de téléphoner à une copine pendant qu'elle se refait les ongles. Quoi qu'il en soit, les histoires que l'on raconte sur les drogués ne sont peut-être pas toutes frappées au coin du phantasme. On dit que pour avoir l'argent que nécessite leur vice, ils et elles se prostituent. Certains iraient même jusqu'à tuer. Je ne lis pas les journaux alors comment se faire une idée ? Il faut le suivre. Suis-le Alexandre L pour satisfaire cette curiosité qui te fait vivre depuis si longtemps. Je me lève du banc, je longe le mur et je refais à l'envers le trajet de tout à l'heure. Les immeubles me montrent, une fois encore, leur visage démaquillé. Il tourne à droite, passe le porche d'une bâtisse délabrée, ouvre sa boîte aux lettres et entre, par une porte voilée, dans une pièce sombre, sale, surchargée. J'ai à peine le temps de distinguer ce qu'il y a dedans : il la referme immédiatement. Je regarde son nom sur la boîte aux lettres : il se nomme Christophe Cazenove. Je me dirige vers un coin sombre de la cour. Sa fenêtre est ouverte et la pièce subit maintenant la violence des rayons d'une lampe à halogène. Je m'assieds par terre en m'adossant au mur et j'attends. Il allume sa chaîne stéréo. Je ne connais pas cette musique. Il s'agit plutôt d'un bruit strident aux échos étranges assaisonnés d'un rythme presque cardiaque : il n'y a que deux temps martelés par un ordinateur imitant le son d'un cœur s'emballant, ou quelque chose de ce style. Le rythme accélère : le pouls du disque dépasse les cent pulsations par minute. Les voisins doivent apprécier... Il s'affale sur un canapé défoncé. Je salis mon pantalon beige ; les pavés me font mal. Il sort une petite cuillère et un briquet. Il met un peu du contenu du sachet dans la cuillère ; la poudre fond très rapidement. Ce doit être assez chaud ! Il verse le liquide dans une coupelle en porcelaine blanche contenant un peu de sérum physiologique, à moins que ce ne soit de l'eau distillé. J'entends le froissement de l'enveloppe de plastique protégeant une petite seringue ; une aiguille s'abreuve à la fontaine de l'illusion du plaisir ; l'air contenu dans le réservoir est chassé ; des gouttes du précieux liquide perlent ; il enfonce l'arme dans la veine de son avant-bras gauche. Je détourne le regard : j'ai gardé un souvenir horrifié de mes études de médecine. Le sang m'effraie. Combien de temps faudra-t-il attendre avant que de voir le produit entrer en action ? Une heure ? Ce doit être beaucoup plus rapide que cela. Je regarde, à travers les barreaux de la pièce, le prisonnier du désir frelaté. La musique hurle. Un navire quitte le quai de ce qui n'était déjà plus la santé mentale. Qui pousse les gens à adopter une telle attitude ? Le vice est-il une production de la nature, le fruit d'une histoire affective inachevée ou l'émanation d'un déterminisme social qui prive les pauvres et les riches des choses essentielles ? Je ne sais plus. Je regarde l'homme exécuter son rituel magique et je comprends maintenant que ses semblables, malgré le vernis de ce qu'ils nomment civilisation, ne sont que des individus frustes à jamais prisonniers de leurs sentiments primitifs. Certes, ce cadre sans poésie ne ressemble en rien aux hauts plateaux du Kenya, certes, le feu de joie, le totem et les convives sont absents cependant, dans la tête de l'homme qui gémit, c'est le même bouillonnement de mort que l'on essaie de maîtriser de la manière la plus archaïque qui soit. Les champignons hallucinogènes des sauvages ont été remplacés par des substances chimiques mais ce sont toujours des sauvages qui cherchent ainsi à se fuir et à fuir le monde. Tel un pantin qui s'anime lorsque l'on ouvre la boîte à musique, il se met à singer le bonheur et la vie. La musique assourdissante s'arrête ; il continue à danser son sinistre ballet. Il sourit. Comme il est maigre et pâle l'enfant des produits stupéfiants. Il virevolte dans la pièce encombrée, fait tomber une pile de disques, se cogne dix fois contre les murs, ignore la souffrance des autres et la sienne, chante, tombe à terre : le papillon s'est arraché les ailes. Je me sens loin de lui. Il se relève. Je distingue son visage émacié. Il jette un coup d'œil dans ma direction mais ne me voit pas. Mon regard essaie de ne pas se noyer dans le sien. Je me raidis. Collé au mur, j'aimerais me confondre avec lui. Je tourne la tête ; ma joue est griffée par la pierre à nu ; je respire difficilement. C'est un être malsain qui me met mal à l'aise. Pourtant je n'ai rien à craindre car je suis à mille lieues de son ego destructeur. Je transperce sa pupille et c'est une bête sans conscience que je découvre. L'homme déchu dont l'âme n'arrive plus à éclairer un regard désespérément vide m'attriste et me laisse perplexe.

ÇA FAIT MAINTENANT quatre heures que je l'observe comme un entomologiste peureux devant un scorpion dont le venin, sans être dangereux, pourrait entraîner une fièvre importante. La danse désordonnée a laissé place à un sommeil assez agité. J'ai mal partout. Je me lève avec peine et j'enlève la poussière recouvrant mon pantalon. Durant tout ce temps personne n'est ni sorti ni entré : c'est étrange. Je regarde les boîtes aux lettres et je remarque que les habituels prospectus ne les encombrent pas. Les étiquettes sont presque illisibles tant elles ont été salies par des doigts avides de nouvelles. Aucun son ne prouve que l'immeuble soit occupé par d'autres habitants. Je monte les escaliers défoncés, j'écoute aux portes : je n'entends toujours rien ! De retour dans la cour, je remarque que toutes les fenêtres sont murées sauf une. La maison est destinée à être démolie pour qu'à la place on construise des appartements de standing destinés à des vacanciers venus de Paris. Pour l'instant le vieux Sète abrite cette bâtisse hantée par un drogué solitaire. Tout compte fait, il faut détruire le passé et ce présent, repoussants tous les deux. Dans quelques mois les pierres auront oublié une partie de l'histoire d'une ville subissant les outrages du temps et l'action délétère de son époque. Je préfère voir des sceaux rôtir au soleil et s'empiffrer de fruits de mer plutôt que l'homme déchoir et, d'une certaine manière, mourir.

J'ai faim. Il dort toujours. Je sors pour aller acheter quelque chose à manger. Je pourrais rentrer chez moi mais la curiosité me pousse à continuer à épier l'insecte. Au coin de la rue, il y a une supérette. Je me dirige vers le magasin. Les néons de l'établissement m'agressent. Je reste dubitatif devant un meuble réfrigérant qui contient des produits d'une grande banalité. Je saisis deux sandwichs club au jambon, j'attrape une petite bouteille d'eau pétillante, je paie à la caisse et je retourne vers mes préoccupations zoologiques. Il fait chaud. Je me traine jusqu'à l'immeuble vétuste. Assis à la même place, je mange les deux sandwichs et je bois la canette d'eau gazeuse. Il n'y a pas un bruit. Je sombre dans un état de torpeur. Il respire calmement. Je regarde dans le vide.

Un mouvement convulsif de son bras me tire de mes songes. Je cherche vainement une poubelle : il n'y en a pas. Je laisserai les emballages ici : aucun habitant n'ira se plaindre à qui que ce soit. Lui, il ne doit plus remarquer ce genre de détail. Il s'éveille. Son teint est cireux. Il boit un verre d'eau, de gin ou de vodka, ouvre une boîte de conserve et plonge sa cuillère dedans. Il ne l'a même pas réchauffée. Qu'est-ce que ça peut bien être ? Je n'arrive pas à lire l'inscription écrite sur l'étiquette bariolée. Sa cuillère est remplie d'une pâtée rouge clair. Ca ressemble à des raviolis. Des raviolis froids, c'est largement pire que mes sandwichs club ! Il continue à manger goulûment sa conserve. Elle est déjà vide. Il la jette dans sa poubelle, prend une veste et sort de chez lui. Je me cache dans un recoin. Il passe devant moi et continu sa route vers je ne sais quelle illusion. Je le suis.

Je marche au même rythme que lui et quand il s'arrête, je m'arrête. Je ne sais pas où nous allons ; le sait-il lui-même ? Nous tournons dans le quartier du port et j'ai l'impression que nous passons et repassons dans les mêmes rues. Le soleil se couche, la température s'adoucit, des mouettes se disputent un morceau de poisson, un navire s'amarre au quai du Maroc et le pantin s'engage résolument dans une ruelle menant au canal royal. Sa démarche est saccadée, ses résolutions assez incertaines. Il entre dans une boîte de nuit. Je ne l'imaginais pas fréquenter ce genre d'établissement. Quoi que... Comme tout le monde, certains soirs, sa solitude devient un fardeau trop pesant à porter seul ; aussi, imitant des millions de ses congénères, il l'oublie pendant quelques heures au milieu de sons agressifs et de personnes qui ne le sont pas moins. Il paie son entrée et moi la mienne. Nous descendons tous les deux vers le sous-sol. Il ne m'a toujours pas remarqué et, pourtant, je suis à ce point proche de lui que je peux maintenant distinguer des détails qui m'échappaient : il sent le tabac froid, Il est très mal rasé et ses vêtements froissés devraient, de surcroît, être lavés. Je découvre une vaste salle très peu éclairée et mal climatisée. Il s'assoit au bar et commande un alcool, je m'assieds sur un sofa, derrière un pilier, et je me fais oublier en me fondant dans ce paysage nocturne. Les gens commencent à arriver, le volume sonore de la musique augmente, il sirote son alcool et Charles Darwin s'apprête à écrire un nouveau chapitre sur un mammifère que l'on nomme aussi l'homme. Il parle au barman qui le sert généreusement et oublie de le faire payer. Les lumières s'agitent, une boule à facettes brille dans la pénombre et les premiers danseurs se mettent à s'agiter. La technique des danses de salon a manifestement terriblement évolué. Autrefois il y avait une multitude de tempos, de pas, de musiques sur lesquels on évoluait. Combien y-avait-il de danses couramment exécutées dans les bals ? Je serais incapable de répondre à cette question avec précision. D'ailleurs à l'intérieur même d'une danse on trouvait encore le moyen de varier les rythmes et la manière de la réaliser créant ainsi des variantes. Le tango argentin pouvait, dès lors, devenir congelado et la valse lente se transformer en viennoise ou en musette. En y réfléchissant bien je ne dirais pas que les gesticulations anciennes me plaisaient plus que celles d'aujourd'hui : elles étaient tout aussi inutiles, les musiques, répétées des milliers de fois, devenaient agaçantes et les danseurs n'arrivaient que très rarement à ne pas marcher sur les pieds de leur partenaire. Cependant, on dansait à deux, et face à face, alors que maintenant les gens ne se regardent plus ; ils se tournent même le dos et évoluent seuls dans un espace qui ne cesse de se rétrécir au cours de la soirée, du fait de l'arrivée d'autres personnes. Seuls, ils ont pour compagnons le bruit, la fumée de cigarette, les lumières clignotantes, l'indifférence aux autres et l'ignorance des autres. Dire que lorsque l'on faisait de la sociologie en France, il y a quelques années, on appelait ces endroits des lieux de convivialité ! Il paraît que c'est là que la majorité des jeunes gens se rencontraient, finissant par se marier quelques semaines plus tard, et divorcer l'année suivante. J'imagine mal que l'on puisse se rencontrer ici et que l'on commence à recueillir les informations qui, comme dans toute rencontre, devront révéler la personnalité de l'individu à qui l'on parle afin de l'apprécier pour ce qu'il est ou le rejeter péremptoirement si son caractère ne s'accorde pas avec le sien. Dans ce genre d'endroit les dés sont pipés dès le départ car, à cause du stress et de l'impossibilité de communiquer, on s'imagine l'autre au lieu de le découvrir. Lorsqu'un jeune homme veut parler à une fille, il commence par se rapprocher péniblement d'elle, puis commence la phase d'observation avec, à la clé, l'éternelle question, à moins que ce soit le plus souvent une affirmation : je lui plais ?! Au bout de quelques minutes ou quelques heures de réflexions alimentées au coin du rêve ou du délire, la conversation s'engage sur des banalités : vous venez souvent ici ? Non, c'est la première fois. Ensuite, ils se hurlent dans les oreilles en buvant un Malibu-orange ou un rhum-coca, continuent la nuit dans une chambre d'hôtel et finissent par se disputer la garde des enfants, du chien, de la télévision devant le juge, lors du divorce.

La salle est pleine à craquer et les termites diaphanes continuent à danser leur ballet désordonné. Je jette un coup d'œil en direction du bar

: il boit avec passion les alcools les plus variés. Il bafouille quelques mots au barman, se lève, passe devant moi et entre dans les toilettes qui sont juste à côté de la place où je me tiens. J'entrouvre la porte avec mon pied : il vomit dans un urinoir ! Je la referme immédiatement. Juste devant moi, une conversation se noue entre deux personnes d'une quarantaine d'années. Je regarde les deux êtres qui essaient vainement de se parler. L'homme déchu repasse devant moi et s'installe à nouveau au bar. Il boit un autre verre. Quel estomac peut supporter un tel traitement ? Pas le mien, c'est certain. Il parle à son verre, à moins que ce soit à lui-même ou au serveur affairé qui ne l'écoute pas mais lui verse abondamment le breuvage qui l'éloignera pour cette nuit de substances encore plus dangereuses. Une petite grosse ondule de la croupe, un garçon grand et maigre l'imite : tout le monde singe tout le monde. Je suis dans le domaine de l'homogénéité, du mimétisme animal. Y-aurait-il quelqu'un pour ne pas les suivre dans cette voie ? Oui : moi !

La fumée de cigarette m'irrite les yeux, le nez et la gorge. Je quitte ma place, j'abandonne mon sujet d'étude d'aujourd'hui et ces bêtes, un peu sottes mais pas méchantes, qui s'agitent au son des musiques lancinantes. La nuit est claire, la lune se reflète dans l'eau calme du canal. Les navires de tourisme font bon ménage avec les bateaux de pêche. Je hisse les voiles, je mets le cap au nord, je file vers un îlot de paix et de solitude. Marchant d'un pas rapide je passe l'académie de danse, le bar du coin, le vendeur de tielles et de pizzas, le cabinet d'infirmiers de la rue Léonard et j'arrive devant la porte de mon appartement : il faudra la repeindre un de ces jours. J'entre dans l'immeuble, puis dans mon logement ; je referme les deux portes en prenant soin de ne pas faire trop de bruit pour ne pas réveiller mes voisins. Mes cheveux et mes vêtements sentent le tabac : l'odeur est insupportable. Je les fais glisser à terre et je les jette dans le tambour de la machine à laver. L'eau chaude court sur mon corps, le savon mousse sur ma peau, une serviette me sèche. J'écarte les draps de coton du lit de mes parents. Le réveil indique une heure du matin. Le couvre lit bleu se plisse. J'éteins la lumière et j'essaie de ne penser à rien.

- Bonne nuit papa, bonne nuit maman.

J'AI SOIF. JE TOURNE la tête vers le réveil : il est cinq heures du matin. Je me lève, je saisis une bouteille d'eau pétillante dans le réfrigérateur et je bois directement au goulot. Je me dirige vers le salon. La maison d'en face est allumée. Christophe Cazenove est rentré. Je me rapproche des stores vénitiens et je leur donne une inclinaison me permettant de voir sans être remarqué pour autant. Leur fenêtre est fermée et les voilages tirés ; je devine assez bien les formes des gens : ils se détachent comme des ombres chinoises. J'aimerais entendre ce qu'ils se disent. Ma main passe derrière le store et entrebâille la fenêtre. De cette manière je pourrai recevoir des bribes de conversation s'échappant de leur porte par le judas. Je tends l'oreille mais je ne perçois que des mots hurlés sonnant comme des insultes. Les ombres chinoises s'animent. L'homme lève la main sur la vieille femme. Il ne va tout de même pas frapper sa grand-mère : c'est une femme charmante qui lui a tout donné et tout sacrifié ! La main s'abat sur la femme. Qu'est-on supposé faire dans ce cas-là ? Je ne sais pas. Pourquoi se conduit-il comme cela ? Est-il sous l'influence de drogues ? Dans ce cas il serait extrêmement dangereux. Je lève les stores vénitiens, j'ouvre ma fenêtre en grand : il est trop absorbé par son combat pour me remarquer. Parmi les flots de récriminations qu'il lui lance à la figure, le mot fric revient sans cesse. Il ne faut pas être grand clerc pour comprendre qu'il lui demande de l'argent pour s'acheter les produits le faisant voyager aux confins du plaisir, de la mort, de l'oubli des autres et de soi. Je décroche le téléphone.

- Alexandre L à l'appareil, je vous téléphone pour vous signaler un trouble à l'ordre public. Un homme est en train de battre une vieille femme en face de chez moi.

- Quelle est l'adresse où se passe l'incident ?

- Le 21 rue Léonard.

- Nous envoyons une voiture de police monsieur L.

J'attends avec impatience l'arrivée des policiers. La vieille femme prend son porte-monnaie. Il lui arrache des mains et saisit tous les billets : il y en a beaucoup. Une voiture de police, avec un gyrophare, se gare devant le 11. J'allume la lumière, j'enfile mes chaussons et une robe de chambre. Un policier se dirige vers moi et trois autres frappent à la porte d'en face. Je raconte ce que je sais de l'individu. De toutes manières demain j'irai faire une déposition au commissariat. L'homme, menottes aux mains, me lance un regard haineux et marmonne quelques mots désagréables. Ses insultes glissent sur le vernis de mon indifférence : lorsqu'un chien aboie et menace de mordre, un geste brusque de défense suffit à le calmer.

- En prison vous n'aurez guère l'occasion de vous droguer. Aussi, vous connaîtrez l'angoisse des êtres en état de manque qui, ne pouvant plus se raccrocher à leur chimie faussement protectrice, découvrent enfin leur laideur en se regardant souffrir dans le miroir fêlé de leur solitude, claquemurés dans un réduit de trois mètres sur trois. Je lui souris. La voiture de police l'emmène vers ce qui ne sera pas forcément son malheur. Je rentre chez moi. J'enlève ma robe de chambre. Je passe devant les photos de ceux que j'ai aimés.

- Comment peut-on supporter cela ?

Ils ne me répondent pas. Je rejoins alors mon lit, les fleurs de lys, le ventilateur que j'allume.

- Bonne nuit... Vous êtes tous morts au bon moment : le monde d'aujourd'hui ne vous conviendrait pas.

Chapitre VI :

DES TRACES DE
SANG SUR LES MURS.

LE COMMISSARIAT DE police est en effervescence ce matin. L'inspecteur qui reçoit ma déposition tape son rapport à une grande vitesse en ne cessant de regarder par la fenêtre le ballet des voitures. Il téléphone à un collègue et lui demande ce qui s'est réellement passé cette nuit. Il pâlit, murmure que c'est une sale histoire et expédie mon affaire. Je sors du bâtiment ; les sirènes hurlent ; les gyrophares s'énervent ; les officiers de police se parlent, colportent des informations et finissent tous par perdre leur sourire et prendre le masque des jours tristes. Je traverse leur rempart de voitures. Dans la rue, rien ne semble avoir changé : les gens font leurs courses, les enfants courent partout et les chiens aboient. Sur un banc, des personnes assez âgées, plongées dans leur journal, ne commentent pas, pour une fois, les nouvelles du jour ; ils sont muets ! Il doit se passer quelque chose. Je rentre chez le marchand de journaux du coin ; le présentoir a été dévalisé : il ne reste rien ! Je demande au commerçant la raison de cela, il me tend alors un exemplaire d'un quotidien de la presse nationale dont la manchette traite d'un meurtre. Un meurtre de plus ! Je donne quelque pièce, je prends le journal et je m'assieds sur un banc pour le lire. Je regarde à nouveau les gros titres : il s'agit bien d'un meurtre mais celui-ci s'est passé cette nuit dans le collège du bout de ma rue ! Cela ne me renseigne pas sur l'intérêt qu'un quotidien national peut porter sur un évènement aussi insignifiant : le monde est toujours en guerre et personne ne pourra pleurer les innocents que l'on tue car aucun journaliste n'a daigné écrire quoi que ce soit là-dessus. Il est vrai que cette année les médias se sont complus à rapporter un grand nombre d'actes de violence commis dans des établissements scolaires. Ainsi, nous avons eu des professeurs battus, des lycées en feu, des parents tabassant des chefs d'établissement, des trafics de drogue, du matériel volé, des batailles rangées entre des clans d'une même banlieue. Tous les malheurs du monde se concentrent dans ces endroits que l'on ose encore appeler écoles. Du temps de mes grands-parents on y apprenait quelque chose alors qu'aujourd'hui ce sont des lieux où l'on garde le désespoir en lui faisant croire que l'avenir sera meilleur. Mais l'avenir ne sera pas meilleur : il sera pire, ah ça oui, pire ! Combien de temps encore arriveront-ils à les berner en leur disant que par l'éducation ils trouveront une situation à la hauteur de leurs compétences ? Ne sommes-nous pas en France, le pays où l'intrigue couvre les imbéciles de lauriers pendant que les sages sont roués de coups ? Vos collèges, vos lycées, vos universités ne sont que des lieux où l'on enferme la pauvreté derrière les portes ouvertes d'un savoir mort depuis des siècles. Cette illusion est, certes, moins coûteuse que d'emprisonner les enfants de la sottise ; elle est aussi moins dangereuse que de laisser errer ces désœuvrés en mal de confort qui convoitent le bien-être matériel absent de chez eux. Cependant, leurs professeurs ne sont pas des geôliers car ils n'ont ni la formation ni les moyens coercitifs que requiert cette fonction. De plus, je pense qu'ils en ont assez de servir de bouclier à ceux qui s'en mettent plein les poches, c'est-à-dire ces fonctionnaires devenus hommes politiques. Gare à vous ! Cette année les garde-fous de votre système ont presque cédé. Qu'en sera-t-il l'année prochaine ? Ne sont-ils pas en train de comprendre que vos beaux discours sont aussi vides que leurs poches ?

Je regarde la page deux de mon journal et je lis la description du crime. On nous dit que ce matin, à huit heures, une femme de service a trouvé le corps sans vie de madame Sweet, principale du collège, alors qu'elle faisait la tournée des salles pour vider les corbeilles à papier. C'est dans la salle de madame Evrard, ma charmante voisine, que la dépouille fut retrouvée dans un état prouvant la barbarie de l'assassin. En effet, la victime, tuée dans le hall, a reçu plus de cinquante coups de couteau. Par la suite, le corps a été traîné dans les escaliers et les multiples couloirs jusque dans la salle de classe de la jolie blonde. Comme c'est étrange ! Le pire c'est que ça ne s'arrête pas là : non content d'avoir exprimé sa haine par ses coups de couteau meurtriers, il a également éventré la victime, détaché les membres et la tête de son corps, signé son œuvre en trempant ses mains dans une petite flaque de sang et en les appliquant délicatement sur les murs blancs de la salle. Il paraît que les empreintes de ses mains couvrent la totalité des murs : il l'a tué et a voulu revendiquer son acte de cette manière. Je n'ose imaginer la scène ! Comment un homme de notre époque a pu se conduire comme un être de la préhistoire accomplissant un acte rituel primitif confinant au cannibalisme ? J'essaie de comprendre son geste. Le démembrement et la décollation représentent, sans l'ombre d'un doute, le vol des représentations du plaisir et de la capacité de tuer. Il s'agit bien d'une castration symbolique, mais celle-ci me semble venir d'un autre âge, des premières heures de l'histoire humaine, du recoin le plus inaccessible de l'encéphale. C'est une attitude presque animale ! Le désir d'ingérer ces symboles, mais l'inaccomplissement de ce phantasme, nous ramène également vers les comportements archaïques de l'enfant tétant le sein de sa mère et voulant le dévorer. Je me demande pourquoi le sauvage n'est pas allé jusqu'au bout de ses instincts. Il est peut-être déjà trop civilisé pour régresser à ce point. En fait, j'ai l'impression qu'une fois assouvie sa vengeance, car il est bien question de cela ici, il a pris conscience de la réussite de son entreprise et s'en est allé après avoir apposé sa signature sur les murs. Ce geste revient aussi à affirmer à la face du monde que l'on est fier de soi et de ce que l'on a accompli.

J'arrive au niveau de la place du théâtre : les badauds s'agglutinent devant le collège et les forces de l'ordre ont bien du mal à les contenir. Je bouscule un nombre important de personnes ; j'arrive tout de même à contourner l'édifice. Une fenêtre située au premier étage du collège attire l'attention du boucher. Je lui demande ce qu'il observe. Des flashes d'appareils photographiques éclairent la pièce. Il me dit que c'est là que tout s'est déroulé et qu'avec ses jumelles il a vu les fameuses traces de sang. Il me les tend. J'hésite un instant puis je les prends. Je fais le point : les policiers qui s'affairent se rapprochent de moi, le flou se dissipe. Les hommes en uniforme se poussent de la fenêtre ; l'horreur m'étreint ; je ferme les yeux ; les jumelles me glissent presque des mains ; je les redonne au boucher. J'essaie de fuir. Alexandre, oublie ce que tu viens de voir, reste à la surface des choses comme le font les journalistes et contente-toi de les lire. De cette manière, tu pourras faire semblant de ne pas les croire. Enlève tes lunettes Alexandre L et regarde le monde tel qu'il n'est pas : brumeux, opalescent et presque beau. Je ne veux pas, pas tout de suite...

Devant chez moi il y a également beaucoup de monde même si ce n'est pas l'entrée principale de l'établissement. Des journalistes questionnent les passants. Les gens sont apparemment choqués. J'entre chez moi et j'allume la télévision. Je pianote sur les touches de la télécommande : toutes les chaînes parlent de l'événement sétois. Tiens, sur le canal 7 il y a la façade de la maison. J'augmente le son et je regarde par la fenêtre pour voir si l'émission est en direct. Ça n'est pas le cas. Je m'assieds dans le fauteuil de rotin pour écouter l'interview.

- Monsieur, que pensez-vous du crime qui vient d'être commis ici ?

- C'est affreux ; il n'y a pas de mots pour décrire le désarroi des Sétois.

- Les forces de l'ordre nous ont dit que c'était l'œuvre d'un déséquilibré. Vous êtes d'accord avec ça ?

- Pour être aussi cruel il faut être totalement taré. Pourquoi les autorités laissent-elles les fous dangereux en liberté ?

- Vous ne pensez pas que ça pourrait être, tout simplement, un meurtre crapuleux perpétré par une mafia locale, ou encore un acte de vengeance d'un professeur haineux ?

- Monsieur, Sète n'est pas Chicago : c'est une ville tranquille où les gens vivent en bonne intelligence les uns avec les autres.

- C'est pourtant pas ce que l'on m'a dit : il paraît que le Parti de la droite libératrice obtient de très bons résultats en faisant des immigrés, venus majoritairement de façon illégale du Maroc et de tout le Maghreb en transitant par le port, la cause de tous vos malheurs.

- Le Parti de la droite libératrice rallie les suffrages car il est composé de gens estimables et défend une cause juste. De plus, je vous signale que cette formation politique que les médias ne cessent de diaboliser invite régulièrement ses électeurs à voter pour les partis de gauche lors du deuxième tour des élections municipales.

- C'est une manœuvre politique qui vise à forcer la droite classique à accepter ses revendications.

- Pas du tout...

- Si ce parti n'a rien à se reprocher alors pourquoi a-t-on découvert le corps déchiqueté d'une femme dans la salle de classe de madame Evrard, membre influent de ce parti respectable ? Merci monsieur, grâce à vous, les téléspectateurs pourront se faire une opinion sur cette charmante ville de province où il ne se passe jamais rien et où les gens vivent en bonne intelligence les uns avec les autres, pour reprendre vos paroles.

Les journalistes ont l'art de déformé ce que les gens disent ! J'éteins la télévision d'une pression sur un bouton de la télécommande.

Je regarde une mosaïque accrochée sur le mur de droite. Elle a été réalisée avec du verre transparent collé sur une planche de bois peinte en blanc. La lumière fait briller les morceaux de verre : allongés sur le sable, des baigneurs contemplent la mer alors qu'une femme se redresse pour toucher un soleil rouge sang. Le rouge est la couleur du malheur des hommes ; il éclabousse la terre et l'univers. Je n'arrive plus à faire abstraction du monde qui m'entoure. Une femme, rencontrée de rares fois en faisant mes courses, vient de mourir. Elle était désagréable et bête mais ne méritait pas qu'on la traite ainsi. Mes yeux sont grand-ouverts, ils fixent ce soleil rouge qui me renvoie le reflet d'un meurtre impossible à oublier. Une femme en tailleur jaune paille hurle à travers le verre ; la pupille de mes yeux et mon cerveau me restituent ses cris. Elle implore la clémence d'une autre femme qui plonge rageusement son couteau dans la chair. Un être meurt, un autre s'acharne sur un cadavre qu'on ne cesse de poignarder. Le jaune devient orange. Une femme blonde traîne péniblement un corps. Elle le pose sur ses épaules pour monter les escaliers et le jette à terre arrivée en haut. Tachée de sang, elle le traîne à nouveau, ouvre la porte d'une salle de classe d'un coup de pied, renverse les tables, les chaises, et s'assied par terre pour respirer. Je reconnais ce sifflement que fait l'air lorsqu'il entre et ressort de ses poumons. Sa plainte rauque ricoche sur les murs et remplit la pièce d'un bruit qui m'apparaît assourdissant, ou plutôt insupportable. La criminelle saisit son couteau, déchire ce qui reste des vêtements de la morte et se met à taillader son bras gauche au niveau de l'épaule. Elle coupe les tendons et tape sur l'os. Par trois fois, elle suit cette sinistre procédure alors que l'aube cède la place à l'aurore qui voit un soleil se lever calmement et affadir la lumière des néons. Elle tranche sa gorge avec application. Ce qui reste de sang s'écoule vers le sol et fait une petite flaque. Elle regarde ce qu'elle vient de faire et aucun des stigmates de la haine ne vient enlaidir ce visage dont la beauté est rehaussée par des cheveux blonds très clair tombant en cascade dans le sang. Elle relève brusquement la tête ; ses cheveux projettent des gouttelettes rouges sur les murs, le plafond et le sol. Elle s'essuie les mains sur les murs, sourit comme le font les enfants, et recommence. Le soleil orangé se mélange au bleu de ses yeux. Elle virevolte dans la pièce et s'amuse à la décorer de ses empreintes. Elle court dans le collège vide. Le son de ses pas se propage sous forme d'écho. Je ferme les yeux : la neige tombe sur toute cette saleté, le bruit de ses talons blessant le parquet tend à s'assourdir. On frappe à ma fenêtre. J'ouvre les yeux. La femme de la mosaïque touche toujours le soleil rouge. Mes yeux se détachent lentement d'elle. Un homme avec un micro me fait signe d'ouvrir, ce que je fais immédiatement.

- Jean-Michel Bombardier d'Info-Europe. Je voudrais vous poser quelques questions sur ce qui vient de se passer.

- Je vous en prie.

- Tout d'abord j'aimerais savoir si vous avez entendu quelque chose cette nuit. Il faut dire aux téléspectateurs que vous habitez juste à côté du lieu du crime.

- Je dors depuis des années avec des boules Quies, aussi, il aurait fallu beaucoup de bruit pour me réveiller. Cependant, je suis rentré chez moi à deux heures du matin et je n'ai rien remarqué. A cinq heures, je me suis réveillé pour boire, j'ai appelé la police car ma voisine d'en face se faisait molester, mais nous n'avons rien remarqué de suspect dans le collège.

Entendant ce que je viens de dire, puis le colportant à leurs collègues, les journalistes se mettent à converger vers moi. Les flashes crépitent, les micros se tendent, les questions fusent. Je les renseigne mais leur curiosité semble insatiable. Demain, ma photographie sera dans les journaux avec celles de la victime et de la suspecte. Il y aura certainement quelques personnes pour croire que c'est moi le meurtrier ! Je prends congé d'eux : ils savent ou ne savent pas assez de choses pour imaginer les pires scénarios et écrire leurs articles. Mon regard se pose à nouveau sur cette main qui touche un soleil rouge ; cependant, cette fois-ci, mon esprit plonge dans l'eau verte qui scintille.

IL EST DEUX HEURES de l'après-midi et il y a toujours autant de monde. Les gens obstruent ma rue, regardent en direction du collège alors que les journalistes trépignent maintenant devant la porte de la maison de ma voisine. Certains d'entre eux mâchouillent nerveusement un chewing-gum, d'autres mangent, boivent, fument, et tous échafaudent les théories les plus fumeuses. Une voiture de police essaie de se frayer un chemin dans cette rue relativement étroite et presque totalement encombrée de curieux. Les policiers sonnent au 6 ; un vieil homme leur ouvre ; ils entrent mais les journalistes savent bien qu'elle n'est pas là. A travers les stores vénitiens, je les observe tous, en même temps que je feuillette un livre de cuisine : je vais faire un peu de pâtisserie.

Assis devant le bar américain, je regarde les photographies du livre. Les recettes sont classées par ordre alphabétique. Je tombe sur la page concernant le baba au rhum mais c'est un gâteau que je n'apprécie pas tellement. Pendant un instant je regarde la photo d'une sauce béarnaise ; je la réussis rarement car ne pas faire coaguler le jaune d'œuf est un art difficile, même au bain-marie. Peu importe, je ferai de la pâtisserie aujourd'hui. Je passe successivement les pages concernant le gâteau de Savoie, le biscuit roulé à la confiture, La brioche mousseline, la forêt noire que je déteste, le clafoutis aux cerises. J'admire un diplomate aux fruits confits ; je vais en faire un. Je continue en éliminant les éclairs au chocolat, le kouglof aux amandes, le kouign-amann, le mille-feuille, le moka, le grenoblois aux noix, le Paris-Brest toujours trop gras, le délicat soufflé à la liqueur. J'ai des quantités astronomiques de framboises dans le réfrigérateur : je confectionnerai donc une tarte avec ces fruits. Cependant, je me demande si je dispose de tous les ingrédients nécessaires. Un rapide coup d'œil dans les placards et le réfrigérateur me renseigne sur la richesse de mes réserves : je suis largement plus efficace qu'un écureuil ! Il y a de tout ici et les placards sont maintenant remplis d'un nombre incroyable d'aliments. On pourrait même tenir un siège assez long. Mais qui voudrait faire tomber les portes de ce qui ne sera jamais Troie la Grande ?

Je verse de la farine dans un récipient en verre. Mes doigts agiles la lie au beurre, à l'œuf, au sucre et à la pincée de sel. Je rajoute un peu de fleur d'oranger à ce qui sera une pâte sablée. Après avoir beurré un moule à tarte, j'étale l'appareil sur une plaque de marbre blanc à peine veiné. Le rouleau fariné écrase et modèle un large cercle de pâte avant que de le déposer dans le moule. Je dispose les framboises. Un batteur électrique entre en action ; il transforme des blancs d'œuf en une mousse très compacte à laquelle j'incorpore beaucoup de sucre. Avec une poche de pâtissier, je dépose de petites virgules sur les fruits rouges. Ma main amène le bouton de la cuisinière vers des températures assez chaudes. J'enfourne la tarte ; il faudra 25 minutes pour la cuire. Pendant ce temps, je vais faire mon diplomate.

Mes mains se remettent à s'agiter. Je saisis des oranges, des citrons et des abricots confits. Découpés en tranches, puis en bâtonnets, je les émince très grossièrement. Je mets ces cubes dans un bol de porcelaine vert céladon ; une pluie de raisins secs se déverse dessus ; un peu d'Armagnac et d'eau tiède viennent agrémenter le tout. Je beurre un moule à charlotte et j'y dépose les ingrédients en alternant les couches de brioche et celles de fruits confits. Dans une jatte, je verse les œufs, le lait, du sucre, deux cuillères à soupe de vanille liquide et encore un peu d'armagnac. Je fouette cet appareil que je verse ensuite dans le moule à charlotte. La tarte est cuite. Je baisse le feu, je mets de l'eau dans le fond de la plaque de cuisson et j'enfourne le diplomate. Ce sera prêt dans une heure. Je place alors la tarte dans le réfrigérateur afin qu'elle refroidisse plus rapidement, ce qui me permettra de la goûter dans peu de temps. Ça sent le beurre et la framboise : j'ouvre la fenêtre de la cuisine et celle du salon. Les gens de la rue me regardent. Je baisse les stores. Ils ne peuvent plus me voir. Une clameur s'élève de la foule. Les gens refluent vers le 16. J'incline un peu les stores. On hurle "meurtrière" et l'écho répète à l'infini ce qui est déjà considéré comme une certitude. Pourquoi est-elle condamnée alors que l'on ne sait encore rien ou si peu de choses ? Parce que la simplicité de leur esprit se contente du probable. Le corps a peut-être été retrouvé dans sa classe et elle est, sans l'ombre d'un doute, le chef d'un parti d'extrême droite, mais seule une enquête sérieusement menée pourra transformer la présomption de preuve en certitude. Ne la condamnez pas tout de suite car même les gens les plus coupables *a priori* sont aussi capables du meilleur, parfois. Je distingue la chevelure blonde de celle que l'on montre du doigt ; cependant, elle n'est pas assez grande pour que je puisse distinguer l'expression de son visage. Deux policiers l'encadrent et essaient de repousser les corps qui se collent les uns contre les autres et bougent comme le font les vagues les plus menaçantes. Les insultes pleuvent, les policiers se resserrent, la haine monte : brulera-t-on quelqu'un aujourd'hui ? Le vingtième siècle fut l'époque du déferlement de la sauvagerie la plus meurtrière sur le monde et l'habituel bouc émissaire revêtit trop souvent l'identité de peuples que l'on extermina, aussi, je me demande si autant d'horreur morbide pourra se satisfaire d'un seul coupable. Que va-t-il advenir de ma voisine ? Ne pourraient-ils pas sublimer leur haine, essayer de rechercher les véritables coupables, tenter de comprendre le geste et les motivations, ou encore, simplement, l'ostraciser si tout cela est au-delà de leur compréhension ? La sirène d'une voiture de police retentit et emmène celle qui, en une seule journée, vient de déchoir de son rang, accéder à la monstruosité alors que l'on est sûr de rien !

Le diplomate est cuit ; je le sors du four et je le dépose dans le compartiment freezer du réfrigérateur. On frappe à ma porte ; je l'ouvre : Gwenaël, l'adolescent de l'autre jour, est juste devant moi.

- Je m'excuse de vous déranger, monsieur, mais j'ai laissé tomber un cahier dans votre cour.

- Entrez, je vous en prie.

- Êtes-vous le nouvel habitant de l'appartement du premier étage ?

- Oui, je viens d'y emménager avec mon père.

Je ramasse le cahier qui vient de tomber sur le citronnier. Il est d'un format 21 par 29,7 centimètres, les carreaux sont grands et je découvre que c'est de l'histoire et de la géographie qu'il contient. Je feuillette les pages. Tout est mal écrit, sale, désordonné ; des leçons manquent et les cartes ne sont même pas terminées. Mes cahiers d'écolier étaient mieux tenus.

- Ça sent bon chez vous.

- J'ai fait un peu de pâtisserie cet après-midi, voulez-vous y goûter avec moi ?

- Oh oui monsieur.

Je sors les deux chefs-d'œuvre du réfrigérateur. Ils sont assez froids pour être consommés tout de suite. Je prends des petites assiettes en porcelaine, des cuillères à dessert, des verres, du jus d'orange, de pamplemousse et d'ananas. Je dépose tout cela sur une console qui roule ; je la pousse en direction du salon. Le gâteau et la tarte sont coupés rapidement et il me faut encore moins de temps pour dresser la table.

L'adolescent se trouve maintenant devant une énorme part de diplomate ; il a déposé l'assiette trop remplie sur ses genoux et sa cuillère ne cesse d'aller du récipient de porcelaine à sa bouche. Entre deux bouchées, il boit un peu de jus d'orange. Quant à moi, je chipote : mes lèvres effleurent à peine mon verre de jus de pamplemousse, j'éparpille même une petite tranche dans tous les azimuts afin de faire croire que j'y ai touché alors que je n'ai pas encore goûté au fruit de mon labeur. Je dépose délicatement un peu de gâteau sur ma langue : c'est bon mais un peu trop sucré pour un homme qui doit désormais faire attention à ce qu'il mange.

- Dites-moi, comment était la personne qui vient de se faire tuer ?

- La vieille conne ?

- Madame Sweet ?!

- Oui, et celle-là, elle a pas volé ce qu'on lui a fait. Tout le monde la détestait au collège.

- Même les professeurs ?

- Oui.

- Que lui reprochaient-ils ?

- Elle leur envoyait sans cesse des inspecteurs, les rabaissait et leur faisaient de mauvais emplois du temps : ils étaient obligés de venir tous les jours et attendaient leurs élèves pendant des heures car ils avaient des trous partout.

- Mais pourquoi se les aliéner alors qu'avec un peu de bonne volonté elle aurait pu travailler dans le calme et la sérénité avec eux ?

- Elle voulait leur montrer qu'elle était le chef.

- Et elle en est morte : sa suffisance l'a tuée.

- Personne ne la regrettera.

- Elle n'a donc pas d'enfant ni de mari ?

- Non, son mari est mort et elle n'a jamais pu avoir d'enfants d'après ce qu'on dit. De toutes manières, elle n'aimait pas les enfants. D'ailleurs, elle ne nous aimait pas non-plus.

- En conséquence, à vous entendre, elle aurait pu être tuée par un élève, un surveillant, un professeur : n'importe qui, en somme ?

- Absolument.

- Que pensez-vous de madame Evrard ?

- Je l'ai comme professeur de français ; elle est même le professeur principal de notre classe, la quatrième B. Je trouve qu'elle fait des choses étranges.

- Vous la trouvez folle ?

- Elle a plutôt des manies.

- Lesquelles ?

- Elle ne pénètre dans la salle de classe qu'après avoir essuyé la poignée de la porte et l'avoir cogné trois fois. Puis, elle entre et dispose ses affaires sur son bureau suivant un ordre très rigoureux que rien ne doit détruire. Lorsqu'un élève a le malheur de faire tomber sa règle, de toucher son stylo ou de déplacer son carnet de notes, elle prend peur et se met à pleurer...

- A pleurer ?! Ça me laisse songeur ! Comment une petite névrosée obsessionnelle pourrait commettre un crime d'une telle sauvagerie ? N'y aurait-il pas d'autres professeurs un peu bizarres dans cet établissement ?

- Je ne pense pas.

- Et parmi les élèves ?

- On n'est pas des fous, monsieur.

- Cependant, ce meurtre ne peut être l'œuvre d'un rôdeur à la recherche d'argent : l'assassin s'est acharné sur le corps, il l'a découpé et a maculé les murs du sang de la victime ! Ne me dites pas qu'il s'agit là de la conduite d'un être sain d'esprit.

- Je ne sais pas monsieur.

- Non, c'est vrai, vous ne pouvez pas savoir... Vous êtes encore un enfant et à votre âge le sens de la normalité, sans parler de celui de la raison, est encore confus, si ce n'est dévoyé ou rejeté. Dites-moi donc s'il y a des gens qui se droguent.

- Dans ma classe, il y en a un.

- Quels sont les produits qu'il utilise ?

- De la colle, de l'essence et du haschisch aussi.

- Je ne pense pas que ces substances induisent des comportements de violence.

- Oh si, l'autre jour il a même frappé un prof.

- A quel moment et pour quelle raison ?

- C'était durant le cours de physique. Il voulait une meilleure moyenne alors qu'il n'avait presque rien fait tout au long de l'année ; il a donc volé le carnet de Blachère et a changé ses notes. Il fallait la voir courir avec sa canne dans la salle alors que les élèves riaient et encourageaient Basile.

- Je croyais qu'on allait à l'école pour apprendre, pas pour se moquer et faire souffrir la personne à laquelle vous ressemblerez bientôt : un jour prochain, vous serez tous des vieux. Je suppose, en outre, que vous vous comportez toujours comme cela avec elle ?

- Oui.

- Pourquoi ?

- Parce que c'est comme ça.

- Parce qu'elle est vieille, faible et que vous pensez, bien à tort, qu'en exerçant votre toute-puissance sur ce qui a du mal à représenter l'ordre, vous deviendrez l'ordre lui-même. Sachez cependant qu'un jour vos enfants vous traiteront de la sorte et que vous serez amené à prononcer cette expression que je trouve ignoble : "si j'avais su".

- Mais moi je me tiens bien avec elle monsieur.

- L'ennui c'est que vous soyez noyé dans le groupe et que vous le subissiez sans pouvoir agir dessus. Autrefois, ceux qui chahutaient, on les renvoyait ; aujourd'hui, ils font la loi. Comment croire encore à l'éducation ? N'allez plus à l'école : vous n'y apprendrez rien. Fréquentez plutôt les bibliothèques : le savoir y est imprimé sur du papier japon, il illumine même maintenant les écrans des ordinateurs. Les bibliothèques sont les nouveaux temples de la culture et de l'intelligence.

- Vous parlez bien.

- A mon époque on apprenait à parler, en effet. Un peu de tarte ?

- Je veux bien : elle est très bonne.

- Les enfants sont-ils aussi agités dans les autres cours?

- Oui, et plus particulièrement avec le remplaçant d'histoire-géo. Vous savez, avec les remplaçants, ils en profitent parce qu'ils ne restent pas longtemps et que dans notre collège ils ne sont soutenus par personne.

- Que lui font-ils subir à ce professeur d'histoire ?

- Ils sautent partout, ils hurlent et lui jettent des craies à la figure. Le pauvre, il n'arrive à rien.

- Et c'est vous qui en pâtissez... Pensez-vous qu'il soit assez excédé pour se venger sur le chef d'établissement ?

- Il est trop gentil et trop doux.

- N'y a-t-il pas quelque chose d'anormal dans son comportement ?

- Il nous vouvoie, parle en employant des mots compliqués, articule exagérément et se déhanche légèrement lorsqu'il marche.

- Il serait du genre à demander la permission avant de poignarder l'objet de son ressentiment ! Vous ne m'avez pas parlé du personnel de service.

Pendant qu'il me dit ce qu'il sait du concierge, des ouvriers et des femmes de ménage, je ne peux m'empêcher de m'imaginer une secrétaire schizophrène, souffre-douleur du tyran, écrivant un poème insensé du bout de ses doigts ensanglantés. Gwenaël se goinfre toujours ; moi, je trempe mes lèvres dans du jus de pamplemousse. Nous ne saurons rien aujourd'hui et nos esprits se contenteront de naviguer dans la mer du phantasme, vers l'océan du délire.

Chapitre VII :

SERAIT-CE
L'APOCALYPSE ?

QUELQUES ANNÉES PASSÈRENT, le monde se mit à genoux mais, par je ne sais quel miracle, notre planète continua à tourner autour d'elle-même et du soleil. J'attendis longtemps l'arrivée de Jean-Marc et c'est avec surprise que je le vis, un beau jour du printemps dernier, déposer deux valises sur le seuil de ma porte. Peu à peu, nous nous mîmes à apprendre à vivre ensemble et à apprécier la compagnie de l'autre. Pour la première fois de ma vie, j'avais même réussi à cohabiter avec quelqu'un sans avoir ce sentiment d'oppression qui, chez moi, est le reflet de ma liberté enchaînée. Ensemble, nous avions réussi à ne pas empiéter sur l'espace vital de l'autre, sans pour autant s'aliéner. Notre éducation et ce que l'on appelle les règles de civilité nous garantissaient une paix absolue dans la vérité, pas dans le mensonge. Avec lui, je m'étais tourné une dernière fois vers la beauté du vrai. Je t'en remercie. Tu as essayé de m'enseigner, par ta simple conduite, que la vérité est toujours préférable à un joli mensonge. Cependant, je n'ai jamais cru totalement à cela et notre époque répugnante m'engage à glisser peu à peu vers le faux.

Je saisis un cadre vide et je dispose une photo de Jean-Marc derrière la glace. Une voiture klaxonne. Je prends mon manteau noir en me dépêchant. Je claque les deux portes et je m'assieds dans le corbillard, à côté de toi. La partie supérieure du cercueil est ouverte et ta tête repose sur un coussin de satin blanc. Tu n'as pas tellement changé, tu sais ! Finalement, le plus heureux, c'est toi. Désormais, tu n'auras plus à supporter l'horreur de notre monde et, à jamais, le sourire qui plisse légèrement tes lèvres t'accompagnera vers un bonheur qui me semble éternel. Tu ne m'en voudras pas de t'avoir habillé d'une chemise de couleur mais, décidément, je hais le noir ! Et puis, le bleu ciel te va si bien. Mon regard se pose sur les fleurs destinées à décorer ta tombe jusqu'à ce qu'elles se fanent. Il y a des œillets bleus, des chrysanthèmes blancs et mordorés, des roses oranges et des iris, beaucoup d'iris violets. Grâce à ton petit carnet d'adresses, j'ai pu envoyer une centaine de faire-part à tes amis de Paris ; j'ai reçu, à ce jour, vingt-deux lettres de condoléances et je me demande qui viendra assister à ton dernier voyage. Par la vitre du fourgon mortuaire qui avance au pas, je regarde une ville épuisée, un monde décadent. Si les façades des immeubles ne sont pas encore trop abîmées, les ordures jonchent le sol car, depuis quelque temps, notre pays est dans un tel état de désorganisation que plus aucun service municipal ou public ne fonctionne. Nous passons par-dessus le canal en empruntant le vieux pont de fer qui se soulève par le milieu. Plus aucun bateau de plaisance n'est amarré : ils ont tous fui. Où sont-ils allés ? Où peut-on bien aller lorsque c'est la terre entière qui est malade et qu'il n'y a plus de havre de paix, plus aucun endroit pour s'isoler et oublier l'horreur ? Les rues sont désertes. Un brouillard salé étouffe cette ville qui est en train d'expirer. La mort rôde. Elle me frôle. Je pose ma main sur le rebord du cercueil. La grande faucheuse ne me fait plus peur : personne ne me retient plus ici, mon esprit se tourne vers le passé, rien, plus rien ne m'intéresse vraiment. Je te rejoindrai dans peu de temps, tu ne resteras pas seul.

Quatre hommes vêtus de noir entrent dans le cimetière qui surplombe la ville. Ils portent le cercueil de chêne, également décoré de poignées d'argent. Il fait froid. Je les suis en marchant d'un pas lent. Personne n'est venu dire adieu à l'homme estimable. Nos chaussures font crisser les graviers. La brume est un peu moins épaisse qu'en bas, ce qui nous permet de remarquer que les tombes ne sont plus entretenues, ni fleuries. Le cortège s'arrête devant un trou fraîchement creusé. Un prêtre prononce des mots que je n'écoute pas. Des gouttelettes d'eau bénie tombent sur le couvercle de bois verni. Le vent fait voler des feuilles mortes ; je reçois du sable dans les yeux. Leur fin est proche. La terre recouvre le cercueil ; on pose une dalle de marbre noir. Les quatre hommes et le fossoyeur me serrent la main, marmonnent quelques mots et s'en vont. Je m'assieds sur la dalle ; les fleurs nous submergent ; je regarde cette inscription qui se contente de donner ton nom et tes dates de naissance et de mort. A quoi bon graver cela dans du marbre ? Pour que la pierre s'en souvienne jusqu'à ce que le vent et l'eau les aient effacées ? Pour que les gens, se rappelant qui tu fus, puissent fleurir ta tombe ? Sache que personne ne viendra car ta silhouette a déjà déserté leur mémoire ; de plus, ils mourront tous bientôt. N'oublie pas que je suis le seul qui t'ait véritablement estimé. Ma main se décale un peu ; elle rencontre une autre inscription. Mon doigt glisse, il suit le tracé des lettres capitales : comme il y a soixante-dix ans, j'apprends à écrire mon nom. Je regarde la date de ma naissance et je me demande quand adviendra ma mort. Je sens que ce ne sera pas dans longtemps. Un soleil blanchâtre essaie de percer la brume et les nuages. Le monde est sur le point de vaciller et moi, je n'essaierai pas de le relever : il n'est plus temps de se révolter contre leur folie, la cause est sans espoir. Je ne me rebellerai pas car je n'en ai plus rien à faire, et puis vivre dans ses conditions ça n'est pas vivre mais bien mourir ! J'ai fait mon deuil de tout. Je suis prêt à accepter ma fin mais c'est droit, la tête haute, que j'entrerai dans la mort.

Il neige, j'ai encore plus froid, cependant, je n'arrive pas à détacher mes yeux de l'espace qui attend avec impatience de réunir ceux qui n'auraient pas dû se quitter ainsi, un jour de novembre, alors qu'ils venaient juste d'apprendre à se respecter l'un l'autre. A deux, ils auraient pu réinventer le monde, leur monde. Seul, je suis bon à rien. J'ai vécu durant presque toute ma vie dans la solitude et j'ai découvert, grâce à toi, que je n'étais pas fait pour cela ; d'ailleurs, personne ne doit supporter l'isolement des âmes. Il n'y a rien de plus triste qu'un oiseau seul derrière des barreaux dorés : lorsqu'il chante, ce n'est même pas pour réclamer sa liberté mais bien pour appeler celui ou celle qui lui fera oublier sa condition. Les oiseaux et les hommes doivent chanter en cœur, ou bien encore en couple, mais jamais seuls.

La neige recouvre maintenant la tombe de Jean-Marc, les arbres, les fleurs et mon malheur. Je suis une statue de sel qui attend la pluie pour se dissoudre. Mon corps n'arrive pas à réchauffer les cristaux de glace, je ne disparaîtrai pas aujourd'hui. Le regard perdu dans cette blancheur, je songe à notre monde, et d'abord au climat qui a tant évolué par la faute des animaux cruels. En effet, depuis quelque temps nous subissons un climat qui n'a plus rien à voir avec ce que nos livres de géographie essayaient de nous enseigner lorsque nous étions des enfants. Les automnes pluvieux sont maintenant diluviens, les hivers doux, extraordinairement froids, les printemps serins, chauds et secs. Quant aux étés, ils sont, désormais, un avant-goût de l'enfer. L'année passée, il ne tomba pas une goutte d'eau du 13 avril au 22 septembre. Par conséquent, le raisin n'arriva pas à maturité et la presque totalité des pieds de vigne décéda. Les fleuves et les rivières oublièrent de charrier l'eau salvatrice, les puits se tarirent : les plantes et les animaux moururent de soif. Un jour d'août le thermomètre placé sur mon bureau atteignit cinquante-deux degrés Celsius. Les ventilateurs tournaient à fond mais ne rafraîchissaient pas l'atmosphère, aussi, ne disposant plus d'eau courante, j'arrosai le sol avec des bouteilles d'eau minérale afin que la température baisse du fait de l'évaporation. C'est ce jour que mon citronnier choisit pour me dire adieu : à quatre heures il perdit ses fruits et à huit ses feuilles. Mais je ne pus pas assister à son agonie car, cherchant le frais, je sillonnais à vélo l'arrière-pays. Je découvris, malheureusement, des paysages fatigués : l'écorce des arbres se plissait, le sol se craquelait, l'herbe avait fini par disparaître et une épaisse poussière recouvrait une campagne désertée par les cigales et les petits animaux qui la peuplaient avant. En fait, si le règne végétal ployait devant la sécheresse et la chaleur, le règne animal fuyait les feux qui ne cessaient de se déclarer et que l'on avait finis par ne plus combattre. Situé en haut d'une colline, je découvris la dépouille mortelle de la forêt : des cadavres d'arbres fumaient, les cendres volaient au gré d'une brise brûlante. Je crains qu'ainsi outragée, la nature ne quitte pas ce manteau de deuil épais qui ne reverdira plus jamais.

A l'automne, le ciel accueillit des nuages plus que menaçants. Réunis en cohortes, ils déversèrent des trombes d'eau sur la campagne assoiffée et réussirent à la noyer. Agde disparut sous dix mètres d'eau, de même que Bézier et Nîmes. Pendant un mois, les villes englouties régurgitèrent les corps de leurs anciens habitants. Il y eut tant de morts... L'eau finit par s'évacuer et ce sont des champs de ruines que l'on découvrit. Du fait de la violence des courants, les maisons s'agenouillèrent toutes. La cathédrale de Bézier, les arènes de Nîmes et la maison carrée s'écroulèrent. Ces monuments avaient traversé les siècles... On m'a dit que l'antique pont du Gard avait perdu ses arches ! Décidément, rien ne dure bien longtemps.

L'hiver arriva au milieu du mois d'octobre, beaucoup plus tôt que d'habitude. Sans prévenir, les vents du nord et de l'ouest se mirent à souffler. Ils refroidirent l'air, la terre et la mer. Le thermomètre descendit très souvent en dessous de - 10 degrés centigrades. Les rares oiseaux qui avaient survécu à l'été et à l'automne moururent de froid et de faim. Je ne vis aucun d'eux picorer les graines enrobées de saindoux que j'avais disposées dans des ramequins en verre. Peut-être avaient-ils déjà tous disparu ? Non, ça n'est pas possible puisqu'un jour de la semaine dernière un corbeau vint se poser sur le rebord de ma fenêtre et demeura quelque temps devant la nourriture sans en disposer. Je le pris alors délicatement dans mes bras et j'essayai de lui faire avaler les graines, mais son bec resta clos. Un vétérinaire fut consulté ; il se montra surpris par cette situation inédite et ne put rien me dire pour remédier à la situation. Pendant deux jours, l'oiseau me regarda inventer des mets censés plaire à un grand corbeau noir. Le troisième jour il expira. Je l'ai enterré dans le sol gelé de la courette, à la place du citronnier. Les hommes riches de l'hémisphère nord n'auraient jamais dû rejeter dans l'atmosphère ces gaz polluants issus de leur production industrielle. Détruisant les écrans qui nous protègent du rayonnement solaire, et remplissant cette serre de gaz carbonique, ils furent à l'origine du réchauffement de notre planète et de l'élévation du niveau des mers. Aussi, les climats évoluèrent rapidement et les pauvres d'entre les pauvres subirent les conséquences de la légèreté des riches. Ainsi, les savanes et les forêts équatoriales devinrent des solitudes arides. La terre, réduite en poudre, fut chassée par les vents ; les roches mises à nu découragèrent la vie : les pollens, les graines, et tous les êtres vivants prirent le chemin de l'exil. En l'espace d'une année, des millions de pauvres erres cherchèrent à rejoindre l'Antarctique, l'Europe, l'Amérique du nord, l'Asie septentrionale. Navigant sur des embarcations de fortune, la majorité d'entre eux périt noyée. Quant aux autres, on leur interdit de débarquer de leurs coquilles de noix, de crainte qu'ils ne propagent un peu plus la peste sexuelle ou ne dévore les réserves alimentaires de nations recommençant à souffrir de disette ; cela les condamna bien vite à mourir de faim sous le regard haineux de militaires les observant à travers les lunettes électroniques de leurs fusils mitrailleurs. Ils ne purent même pas atteindre ces zones autrefois gelées et à peine peuplées qui font maintenant partie des milieux tempérés. Il est vrai que dans ces endroits il n'y a pas encore beaucoup d'humus ; surtout, les sols sont imbibés du pétrole et des substances chimiques déversées, à la fin du vingtième siècle, par des êtres inconséquents qui hypothéquèrent l'avenir de leurs enfants.

La neige continue à tomber sur ma tête nue et mes épaules. Le vent a cessé de souffler mais j'ai encore plus froid. Il faudrait bouger... Je n'y arrive pas. Je suis une statue de glace attendant qu'un rayon de soleil la fasse fondre. Ce n'est pas cet astre pâle qui me transformera en eau : je ne mourrai pas aujourd'hui, ni même demain. En revanche, ce monde moribond ne passera pas l'hiver. En effet, si l'hémisphère riche n'est pas devenu un désert, il est sur le point de faire la guerre, et puis, il y a cette maladie qui fauche les gens dans la force de l'âge. Venue d'on ne sait où, elle se propagea très vite. Peste de l'ère moderne, elle tua la moitié de la population mondiale. Plus incompréhensible que sa devancière, elle laissa les scientifiques perplexes et désarmés. Pendant dix ans, on essaya bien des thérapeutiques mais rien ne la fit reculer. Maladie incurable et épidémique, elle froissa les esprits et les cœurs. Par ailleurs, son mode de transmission distendit un peu plus le lien qui tentait d'unir les hommes aux femmes. La sexualité devint l'écueil sur lequel ils vinrent s'échouer. L'insouciance, le repos, le plaisir leur furent interdits car les antiseptiques les plus puissants et l'épais latex des préservatifs n'arrivèrent pas à dresser une barrière contre le virus de la suspicion. Ainsi, tout le monde se méfia de tout le monde et la guerre entre les sexes repartit de plus belle. Sais-tu que désormais on ne fait plus d'enfants ? Je regrette leurs cris, leurs rires, leurs pleurs aussi. Ils ont déserté un monde qui n'était pas fait pour eux. Notre terre est vieille et les vies qu'elle supporte s'acheminent vers la fin de leur triste histoire. Dire que tous ces vieux auraient pu attendre leur mort en mangeant des gâteaux, en se lamentant sur leur sort et en jouant au bridge ! Au lieu de cela, ils préparent une nouvelle guerre qui ne sera pas forcément menée par de plus jeunes qu'eux puisque de nos jours des généraux âgés et étoilés détruisent le monde en appuyant simplement sur des boutons colorés. Le cigare à la bouche, allongés sur un lit de repos en cuir, ils regardent le résultat de leur génie militaire sur de gigantesques planisphères lumineux. Pour eux, la guerre est devenue une joyeuse abstraction à laquelle on joue comme on peut le faire avec une console électronique. Décidément, les seuls militaires acceptables sont ceux morts pour la France ou un autre pays. Un mètre sous terre, ils ne peuvent plus faire de mal à personne. A ce stade, seule leur bravoure falsifiée tue l'intelligence des livres d'histoire. Quoi qu'ils aient pu faire, leur destinée est d'assommer les rats de bibliothèques.

Je secoue mes cheveux et mon manteau, je me lève péniblement : la trace de mon corps s'inscrit en noir sur le blanc de la neige. Je refais à l'envers le chemin de tout à l'heure. Arrivé à l'entrée, je referme la grille : personne d'autre que moi ne viendra vous rendre visite cet après-midi. On ne se déplacera plus jamais pour vous voir. Le soleil d'opale s'assombrit un peu plus. La neige s'arrête de tomber.

- A bientôt Jean-Marc...

JE DÉPOSE LE CADRE contenant une photographie du défunt à côté du poste de télévision. J'allume la veilleuse de mon chauffage à gaz car l'électricité vient, une fois encore, d'être coupée. Je dispose quatre bougies sur la table du salon ; je frotte une allumette contre le rebord râpeux de sa boîte et j'approche le petit morceau de bois rougeoyant des quatre mèches qui s'enflamment aussitôt. Une lumière paisible se diffuse dans la pièce. Je distingue à peine la forme des meubles situés à l'arrière-plan alors que la table de rotin et mes mains qui la touchent renvoient une claire image d'elles-mêmes. Je fus heureux de vivre dans ce lieu ; cela ne dura pas très longtemps mais ces instants fugaces me firent goûter à l'éternité.

Je saisis le journal posé juste à côté des bougies. Je l'ai acheté le jour de l'enterrement, ça fait une petite semaine, mais je n'ai pas encore eu le temps de le lire, ni surtout l'envie. Mon regard se pose sur une manchette qui annonce que les États européens viennent de déclarer la guerre aux États-Unis et au Japon ; ma main feuillette ce quotidien imprimé sur un papier gris très fragile. A la page deux, un journaliste énonce les causes de la guerre. Selon lui, si ce qui reste du monde va s'entre-déchirer c'est pour un problème d'approvisionnement en produits alimentaires. En effet, du fait des désordres climatiques qui se succèdent depuis quelques années, le stock de vivres à considérablement diminué. Il y a encore vingt ans, les congélateurs de la communauté européenne regorgeaient de beurre, de fromage et de viande. Ces produits ne trouvant pas d'acheteurs, on fut obligé de les détruire et d'en réduire la production. Des quotas furent appliqués sur certaines marchandises comme le lait, les terres furent remises en jachère et on alloua des subventions afin que l'on arrache les ceps de vigne. Ces surplus auraient pu être envoyés vers les pays pauvres de l'hémisphère sud mais on préféra les jeter afin de soutenir les cours ; on se donna tout de même bonne conscience en leur proposant les reliefs du festin. Hélas, ils ne peuvent plus se plaindre et témoigner de cela. Aujourd'hui, les congélateurs sont vides et rares sont les terres qui portent encore des cultures. Quant à la mer, elle a fourni toute la nourriture qu'elle a pu ; cependant, j'ai bien peur que la principale source de leur alimentation ne se tarisse, à force d'être exploitée, voire pillée. Les grands cétacés ont d'ailleurs disparu, de même que certaines espèces de poisson comme le thon et le mérou. Les gens de mauvaise volonté qui sont sur le point de se battre pour s'assurer leur pitance en dominant les océans me font l'effet de deux vautours se disputant la carcasse du dernier animal. Qu'adviendra-t-il après ? Vont-ils s'entre-dévorer ? L'humanité n'avait jamais atteint des sommets de vertu mais, là, elle a véritablement touché le fond. Si j'avais encore un peu d'espoir pour elle je lui hurlerais ses quatre vérités à la figure pour la rappeler à la raison ; cependant, je n'espère plus.

Ma main droite saisit une bougie. Je me dirige vers la mosaïque accrochée sur le mur de droite. La flamme vacille ; elle éclaire un souvenir : une femme monolithique touchant un soleil rouge. Finalement, on n'a jamais découvert le meurtrier de la principale du collège de la place du théâtre. D'ailleurs, qui se soucie aujourd'hui de connaître la vérité dans cette affaire ? Personne, le monde va trop mal pour que l'on s'intéresse à ce genre de détail. Je me demande toutefois si la sauvagerie exprimée autrefois prendra le même visage. J'imagine mal nos chers militaires, même les moins gradés, se battre au couteau et laper le sang de leurs victimes. De toutes manières, le corps à corps est démodé : Achille ne lèvera pas son épée contre Hector. Les hommes n'ont même plus assez de courage pour affronter l'objet de leur haine : ils préfèrent se cacher derrière la froideur de leurs jouets électroniques. Ainsi, La mort qu'ils infligent tend à devenir irréelle puisque leur esprit malade ne se confronte jamais à la réalité physique des corps qui expirent. Dans cet ordre d'idées, les citadelles assiégées par leurs soldats virtualisés deviennent des châteaux de sables que les méchants garçons qu'ils sont piétinent rageusement. Ils ne se rendent pas compte qu'ils assassinent des êtres vivants. Quoi qu'il en soit, cette fois-ci ils ne pourront pas survivre aux combats : leurs esprits sont trop malades pour ne pas aller jusqu'au bout de l'horreur morbide et atteindre alors l'enfer. Qu'ils crèvent tous !

On frappe à ma porte. Il reste encore des gens dans cette ville ? Pourtant, la télévision d'État a ordonné aux personnes habitant dans les principaux ports de pêche de fuir vers l'arrière-pays. Selon eux, les offensives toucheront tout d'abord les navires et les usines visant à traiter les produits de la mer. Je dépose ma bougie sur une soucoupe, à côté des trois autres.

- Qui est là ?

- C'est Gwenaël.

- Entre, la porte est ouverte.

- Tu ne fermes plus ta porte ?

- Il n'y a plus personne dans la ville alors qui va bien pouvoir venir m'importuner chez moi ? En outre, je doute que, compte tenu des circonstances, on veuille voler ma chaîne haute-fidélité ou mon porte-monnaie !

- Tu rigoles ? Ton argent et tes biens leur serviront à acheter de la nourriture après la fin de la bataille.

- La bataille ? Nous sommes en guerre !

- Peut-être mais l'histoire nous a appris que toutes les guerres ont une fin. Celle-ci se terminera elle aussi et, nous, nous survivrons.

- Si tu veux survivre encore un peu pourquoi te trouves-tu ici ? N'as-tu pas entendu qu'ils vont bombarder Sète ?

- Si, mais, auprès de toi, je sais qu'il ne m'arrivera rien.

- Je ne suis pas Dieu le père ni toi Jésus le fils !

- Avec toi je me sens immortel.

- Si le monde change, toi, tu n'évolues rigoureusement pas : tu es toujours l'adolescent, ou plutôt le petit garçon que je rencontrai il y a sept ans. Ne te rends tu donc pas compte que la terre a perdu presque soixante-dix pour cent de sa population, que la peste sexuelle, la famine menacent ceux qui restent et que moi, Alexandre L, je n'y peux rigoureusement rien ?

- Bien sûr que si mais, avec toi, les choses les plus horribles deviennent moins ignobles.

- Et ton père, où se trouve-t-il ?

- Il a été mobilisé il y a trois semaines. Sa dernière lettre me dit qu'il est quelque part dans la mer de Chine.

- As-tu déjà reçu ton ordre de mobilisation ?

- Oui, je dois me présenter demain aux autorités militaires.

- N'y va pas. Je ne veux pas que tu meures en faisant une guerre qui ne te concerne pas. Je ne veux pas qu'un homme jeune comme toi paie pour les fautes commises par de vieux fous sanguinaires. Ils ont détruit le présent qu'on leur avait offert et t'ont donné le résultat de leur hargne destructrice : ce sont eux qui doivent mourir, pas toi. Certes, je n'imagine pas que tu puisses survivre à ce qui nous attend mais j'espère, du plus profond de mon humanité, que tu t'éteindras bien après eux. Les monstres doivent périr d'abord, pas les anges.

- Ne vont-ils pas venir me chercher, me jeter en prison et me juger comme déserteur ?

- Ils n'en auront pas le temps : cette nuit, tout le sud de la France sera bombardé et si tu n'es pas tué, il est plus que probable qu'ils croient le contraire.

Je me tais maintenant. Gwenaël s'assoit à côté de moi, sur le canapé. Je baisse les yeux. A nous voir tous les deux, éclairés par les quatre bougies, on pourrait croire que nous attendons que Georges de la Tour vienne nous immortaliser en peignant sur une toile ce qui ne sera bientôt plus nous. La mort rôde ; je la sens... Une explosion se fait entendre ; Gwenaël se rapproche de moi. Des obus tombent sur le port de commerce ; il me serre dans ses bras. Je lève les yeux vers lui : je rencontre son regard apeuré. Je ne sais pas quoi lui dire. D'autres bombes explosent encore mais, cette fois-ci, le bruit semble venir du port de pêche. Il me serre encore plus fort ; j'étouffe presque. Des larmes perlent sur ses joues.

- On va pas mourir, hein ?

- Je ne sais pas.

Les obus pleuvent sur la ville. Les murs de la maison tremblent. Les vitres se brisent. J'ai fermé les volets et si je ne vois pas ce monde qui s'écroule, je l'imagine très bien s'embraser et souffrir. Chaque explosion imprime sa marque sur son visage et son cœur. Je voulais une autre vie pour lui... Mon désespoir est sans limites...

- On va mourir ?

- Non, il ne le faut pas.

Son regard bleuté s'illumine. Il vaut mieux un joli mensonge qu'une abominable vérité. Une bombe incendiaire s'écrase par hasard sur la maison d'en face. Gwenaël crie.

- Ce n'est rien, juste une maison qui brule et le monde qui s'écroule. Notre heure n'est pas encore venue...

Chapitre VIII :
LE MEURTRE DE LA RAISON.

APRÈS TROIS HEURES de bombardements, l'attaque cessa aussi soudainement qu'elle avait commencé. Les bougies sont sur le point de s'éteindre. J'ouvre un tiroir de la bibliothèque, je prends quatre chandelles que j'allume en approchant leur mèche de celles qui agonisent. Il est six heures du matin. Gwenaël dort. Il est allongé sur le sofa. En fait, il n'est pas tant allongé que recroquevillé sur lui-même. De temps en temps, des soubresauts l'animent ; ses poings rageusement fermés meurtrissent alors l'assise en mousse et le jeté de canapé.

Je me dirige vers la fenêtre du salon. Des éclats de verre jonchent le sol. J'ouvre lentement les persiennes car j'ai peur d'affronter la désolation, de voir une ville tant aimée totalement dévisagée. Mon attention se fixe sur le cache-pot en céramique bleue contenant les racines de la dépouille d'une liane de la passion. Mes yeux suivent les courbes dessinées par le bois mort de la plante et le fer forgé de la grille. La neige recommence à tomber et le vent à souffler. Je ferme les yeux tout en relevant la tête. Pourquoi fais-tu cela Alexandre L ? Je croyais que tu avais fait ton deuil de tout et que tu attendais la mort avec impatience ! Peut-être pas, peut-être pas... Y aurait-il encore un peu d'espoir dans ton cœur ? Je ne le crois pas. De la haine alors ? Oui, c'est ça, de la haine et le désir de me révolter contre eux. Se révolter contre eux? Toi, seul contre le monde entier et la nature humaine ? L'homme n'est pas toujours mauvais : j'existe et mon existence prouve que son essence ne le conduit pas tout le temps vers l'univers du mal. Alors ouvre les yeux, Alexandre L, et contemple le fruit de leur nature généreuse. Mes paupières se soulèvent, je porte mes mains à mon visage, des larmes coulent sur mes joues : le feu a détruit toutes les maisons de ma rue. Seuls les murs portants et les façades noircies ont résisté. Je referme les volets : la première chose qu'il verra à son réveil ne sera pas le reflet de leur sauvagerie. Qu'il se leurre encore un peu en contemplant l'univers policé recréé au 20 d'une rue qui n'existe plus.

Je mets mon manteau, mon bonnet, mes gants ; j'enfile mes bottes et je quitte l'appartement. Le vent froid attise les braises ; elles éclairent le jardin des malheurs. Je distingue chacune des blessures mortelles infligées à la pierre. Le jour va-t-il se lever ? Non, il ne le veut plus ! La terre est dans la ligne de mire de l'astre mort : ce monde est tellement laid qu'il ne mérite d'être éclairé que par la lueur argentée de la lune. Un jour, la terre s'arrêtera de tourner autour d'elle-même et du soleil ; un jour prochain, fatiguée, elle se refroidira et assistera à la mort de tout ce qui vit et l'a meurtri pendant des milliers d'années. Ce jour-là, elle coupera le cordon qui la lie au soleil et se perdra dans l'immensité. Aveugle, elle rencontrera une boule de feu et ne pourra l'éviter : elle fusionnera avec elle. Alors, le ballet cosmique reprendra sans cette planète, sans la furie des hommes.

Je marche dans les décombres. Je ne reconnais plus rien si ce n'est ma maison qui s'éloigne peu à peu et aussi le canal devant moi. Le reste est détruit : rares sont les habitations qui ont survécu au désastre. Vous avez fait la guerre pour voler ce qui ne vous appartient pas mais quel butin allez-vous donc vous partager ? Il ne reste que des maisons fumantes, quelques morts, de rares blessés et nos rêves brisés. Depuis le début de l'histoire des animaux fous, aucune guerre n'a jamais vu de vainqueurs : on ne triomphe pas de cette manière car même ceux qui en réchappent et croient avoir gagné ne sortent pas indemnes d'une telle boucherie. Leur posture exagérément droite et leur morgue n'arrivent pas à cacher le malaise qui les habite. Regardez leurs yeux, ils semblent vous observer mais ne le font pas : en fait, ils fixent un champ de bataille situé désormais dans leur mémoire. C'est dans une tranchée de Verdun, un camp polonais, à Sète qu'ils perdirent l'espoir de construire un monde meilleur ; c'est là qu'ils courbèrent l'échine en accomplissant l'innommable. D'hommes qu'ils étaient, ils devinrent autre chose : des animaux sans pitié détruisant pour détruire. Leur regard décrit bien leur inhumanité.

J'atteins le canal et les quais conçus à la fin du 17ème siècle. Leur largeur a protégé la partie la plus proche de l'eau des éboulis. Ainsi, je progresse plus rapidement vers... Vers quoi ? Vers un pays qui ignore la guerre et où les gens sont toujours heureux. Je veux fuir le malheur. Les chevaliers de l'apocalypse ne me rattraperont pas. Je cours en direction de la plage située derrière le fort. Vais-je pouvoir l'atteindre ? Oui, il me suffit de suivre l'oiseau bleu ; il me guidera à travers ce dédale. Moi aussi, j'admirerai l'arc-en-ciel qui transforme le noir en cuivre doré.

ÇA FAIT MAINTENANT trois heures que je marche la tête haute, les yeux dans les nuages, guidé par un soleil qui ne semble pas trop nous en vouloir. Je dépasse le vieux fort. J'aperçois la mer et les rochers : machinalement, je marche dessus afin de me rapprocher de l'eau. Il fait très froid, l'eau de la mer est totalement gelée ! Je m'assieds sur un rocher, en face du commencement et de la fin. Les pieds sur la banquise, je regarde vers le lointain. La vie n'aurait pas dû être cette lutte sans merci et sans fin. Je marche sur la glace en direction de l'horizon. J'entends quelque chose... Un hautbois ? Oui, et aussi une clarinette et des violons. Les notes qu'ils jouent de plus en plus fort me ramènent vers un rêve. Je rêve ? Non, mes yeux sont grand-ouverts... Je me retourne, comme pour vérifier si le pays d'où je viens existe bien, et je ne vois plus rien. Je suis au milieu d'une mer de glace avec, pour compagnons, un ciel si bleu, des oiseaux qui s'amusent, la musique de Wagner. Tout au fond de ce paysage gelé, un point violet s'anime. Il se rapproche très vite. Les violons et les trompettes s'allient pour jouer l'ouverture de Tannhäuser. Une patineuse vêtue de soie violette s'approche de moi. Elle réalise un Axel suivi de deux brackets et d'un double trois. J'enfile des patins noirs, je ne crains pas de bien serrer les lacets et je me lève. Je n'ai jamais patiné de ma vie mais je sens que je peux le faire. Je pousse les pieds en m'aidant des carres. Les lois de la gravitation semblent abolies. Je fais des croisés arrière. Ma patineuse sourit. Le dos et les bras contre la courbe que dessine mon patin droit, je me prépare à sauter. Ma femme réalise une pirouette cambrée. Je me retourne par la gauche et j'exécute une combinaison de sauts comprenant un axel, un Toren et un double flip. Utopia ne saigne plus et aucun cadavre grimaçant ne tire dessus. Je lui tiens la main.

- Ça fait quarante ans que je ne t'ai pas vu, qu'as-tu fait pendant tout ce temps ?

- Rien, si ce n'est t'attendre.

- La vie n'aurait pas dû nous séparer si brutalement.

- Mais aujourd'hui elle nous réunit alors oublie les mauvais instants d'une existence solitaire ; fuis un passé décevant et ce présent détesté qui, tous les deux, ancrent l'amertume au tréfonds de ton âme.

- Est-ce véritablement le moment de fuir ? Quelqu'un m'attend...

- Il est trop tard, Alexandre, tes forces et ton esprit t'interdisent désormais de le protéger de leur barbarie. Tu as vieilli Alexandre.

- Que va-t-il lui arriver ?

- Il se peut qu'il entre dans leur jeu.

- Il ne le doit pas. Il faut que j'aille le chercher pour le sauver et le ramener avec moi.

- Il est trop tard Alexandre : la ville d'où tu viens est à des milliers de kilomètres d'ici. Tu peux toujours la chercher mais, sans moi, tu ne la retrouveras pas et tu mourras. Je ne veux pas que tu meures. De plus, il se pourrait qu'il suive, finalement, tes traces et nous rejoigne dans quelque temps.

Je me retourne pour essayer de voir si nous sommes si loin que cela de la plage que je viens juste de quitter.

- Ne te retourne pas : il sait ce qu'il a à faire.

Je regarde alors droit devant moi. Ma main nue se réchauffe au contact de la sienne. Je pousse un peu plus sur mes jambes, nous patinons en suivant le rythme d'un violon qui s'épuise, mon passé s'enfuit : je sens que je me fuis.

Le soleil brille très haut dans le ciel, des mouettes rieuses nous survolent. Nous arrivons à l'extrémité de la banquise. Au détour d'une colline de glace, un navire apparaît. Nous avançons vers lui. C'est un trois-mâts en acajou. Je ne suis jamais monté sur un bateau. Un homme nous fait signe. J'aperçois des matelots prêts à lever les amarres et à baisser les voiles.

- Qu'attendent-ils ?

- Nous.

- Nous allons donc faire un voyage ?

- Oui, un voyage qui nous mènera jusqu'à mon île.

Nous nous asseyons sur la glace pour enlever nos bottines et enfilons les chaussures tendues par un des marins. Utopia passe devant moi et m'aide à marcher sur l'étroite passerelle en bois. Je pose les pieds sur le pont.

- Suis-moi, nous allons saluer le capitaine.

- J'arrive.

J'enjambe des cordages, des tonneaux de poix, des caisses contenant je ne sais quoi : j'ignorais qu'il y eût si peu de place sur un voilier aussi grand. Je fais un signe de tête aux personnes que je rencontre. Le bateau se met en branle ; les amarres sont larguées, les voiles se baissent :

lentement, majestueusement, nous nous dirigeons vers le large. J'essaie de suivre ma femme dans ce labyrinthe de cordages ; je cours presque ; je trébuche sur un objet que je ne connais pas. Le navire tangue et je n'aime pas ça. Un homme à la voix familière me tend les mains. Je les saisis. Je reconnais ce parfum bien que le blazer à boutons dorés ne me dise rien. En me redressant, je lève les yeux vers lui.

- Jean-Marc ?

- Alexandre.

- Je te croyais mort ?

- Je ne le suis manifestement pas.

- Pourtant, j'ai assisté à ton enterrement ! C'est même moi qui ai découvert ton pauvre corps sans vie ce triste matin du mois de novembre !

- Mon corps est indubitablement mort mais mon souvenir vit toujours grâce à toi. On est totalement mort que lorsque plus personne ne se souvient de ce que l'on fut.

- Je ne t'oublierai jamais.

- Dans ce cas, je ne mourrai jamais et à jamais nous seront tous réunis.

- Tous ?

- Toi, moi, Utopia et toutes les personnes que tu as aimées.

- Je vais donc les revoir ?

- Mieux que cela : tu vas revivre avec elles.

Assis sur un baril je contemple l'océan. Des dauphins nous escortent et quelques poissons volants terminent leur course sur le pont. Je les ramasse pour les remettre à l'eau. Je retire mon manteau et mon pull-over car il fait de plus en plus chaud. Des matelots ont jeté des lignes dans l'onde. L'un d'eux sort une dorade. J'ai l'impression de voyager dans le temps, à moins que ce ne soit dans l'univers de ma culture. Suis-je Bougainville réinventant le paradis sur terre en abordant à la Nouvelle Cythère, c'est-à-dire Tahiti ? J'attends les indigènes et leurs pirogues pour me l'annoncer et peut-être m'y faire croire.

La vigie nous avertit de la proximité d'une île, l'île d'Utopia. Je quitte mon pantalon de laine pour en enfiler un tissé dans un coton très léger. J'ôte mes grosses chaussures et mes épaisses chaussettes. Je marcherai pieds nus : pendant des années j'ai utilisé ces instruments de torture mais, aujourd'hui, c'est fini. Je veux éprouver le contact du sable chaud, sentir ma voûte plantaire s'enfoncer mollement. Les marins montent les voiles, Jean-Marc ordonne de jeter l'ancre.

- Alexandre, nous sommes arrivés dans mon île. Désormais c'est aussi la tienne. Alexandre, tu es chez toi, dans un endroit qui ignore la douleur et la peine.

Je descends une échelle de corde et je me place entre ma femme et Jean-Marc dans une yole propulsée par la force des bras de huit matelots. Un petit oiseau bleu se pose sur mon épaule ; il siffle un air que je ne connais pas. Les rames m'éclaboussent un peu. L'eau du lagon est d'une clarté qui vexerait la plus pure des aigues-marines. Un comité d'accueil composé de trois personnes nous attend. Au fur et à mesure que nous nous rapprochons de la plage je reconnais leurs visages. Ma mère me sourit, mon père et ma grand-mère aussi. Nous débarquons. Je les embrasse et je leur demande où nous sommes ; ils me répondent en cœur : "chez toi". A cet instant, le cheval mort de mon rêve, et dont les chairs furent dévorées par des esclaves affamé, passe devant moi. Il se met à me parler.

- Alexandre, monte sur mon dos : je vais te faire visiter ton domaine.

Interloqué je regarde ma famille. Ils m'enjoignent de le suivre ce que je fais de bonne grâce.

Je galope sur une plage immense, plate, ombragée par des palmiers portant de lourds fruits disposés en grappes. Le vent souffle sur mon visage et m'apportent les senteurs des fleurs exotiques. Nous grimpons sur une colline. La végétation tropicale fait bientôt place aux essences méditerranéennes. Je reconnais les lavandes, le thym, le figuier, le romarin, l'olivier et le chêne-liège.

- Ça fait du bien de se retrouver dans son monde.

- Ça fait du bien de se retrouver chez soi, dans cet endroit que tu n'aurais jamais dû quitter...

- Un univers que j'ai inventé...

- Auquel tu as rêvé toute ta vie...

- Que je n'espérais plus rencontrer un jour...

- Et que je te fais découvrir pour la première fois.

- Ne serait-ce pas plutôt la dernière ?

- Alexandre, cesse de regarder le monde à travers un prisme dépoli et noirci par les rancœurs. Regarde la beauté telle que tu l'as définie. Admire ce paysage paisible qui défiera l'éternité et la folie destructrice des hommes. Ressens ton humanité et exprime la pour la...

- Pour la première fois.

Je descends de cheval et je saisis les rênes de la main gauche. Il m'entraîne dans une marche joyeuse qui m'amène au bord d'un étang calme. Nous nous asseyons tous les deux au milieu des coquelicots et des iris. Je m'adosse à lui.

- Je suis tellement heureux de te voir auprès de moi. Tu sais, la brute humaine n'aurait pas dû te tuer. Étais-tu même blessé ?

- Très légèrement je crois.

- Dans ces conditions, on ne tue pas un cheval blessé.

- Je ne suis pas mort Alexandre : ne sens-tu pas la chaleur de mon corps ?

- Si...

Une main se pose sur mon épaule : le jeune guerrier grec s'assied à côté de nous. Les feuillages bruissent : par dizaines, mais toujours aussi silencieusement, les esclaves de la plantation se répartissent autour du petit lac. Le soleil se couche lentement et des nuages se mettent à déverser sur nous de délicats pétales de chrysanthèmes blancs. J'entre les yeux grands ouverts dans le pays des songes devenus vérités.

- Suis-je mort ?

- Pas tout à fait Alexandre : tu es au seuil de la folie des gens sains d'esprit.

- Je ne veux pas y entrer.

- Tu n'as plus le choix Alexandre : ils t'ont poussé jusque-là, jusque sur le rivage de l'île d'Utopie.

- Ils m'ont tué ?

- Dans un sens, oui.

- Vous m'avez tous tué ! On ne tue pas un être inoffensif, meurtri et faible : ça n'est pas bien ! On ne tue pas un cheval blessé...

C'est alors qu'Alexandre entra dans l'eau et décida d'en finir avec la vie. Retrouvé par des gens qui passaient là, son corps fut enterré, comme il l'avait prévu et souhaité, dans le caveau à deux places situé dans le cimetière, sur la colline qui domine Sète. On ne sait pas ce qui arriva à Gwenaël et j'ignore même si les événements décrits dans cette complainte ont une quelconque réalité. Ce qui est certain c'est que la maison qu'il a habitée, il y a plus de trois siècles maintenant, existe toujours. Il est vrai que depuis cette époque la décoration intérieure a quelque peu changé mais pas l'intensité de ce désespoir qui habite douloureusement les lieux. Les deux mosaïques ont été conservées et font même corps avec les murs qu'elles habillent : je devrais les décrocher mais elles m'hypnotisent. Je me demande pourquoi il a écrit ce drôle de journal. Je n'ai pas de réponse acceptable ; cela fait des mois que je me torture l'esprit en vain. Qu'est-ce qui peut motiver le besoin de laisser une trace de son passage : l'orgueil ? Oui, mais ce n'est pas ce sentiment banal qui l'animait. L'orgueil est le sentiment des imbéciles, pas celui des âmes élevées. Espérait-il encore pouvoir édifier les hommes et les guider vers le bien, en cheminant sur les routes tortueuses de la raison ? Je ne sais pas, mais je suis sûr que son esprit commence à habiter le mien. J'entends désormais sa volonté ; le jour plus que la nuit, ma tête est remplie d'échos hallucinés. Je vis dans un songe à mon tour. La vie des hommes est-elle une illusion ?

www.ingramcontent.com/pod-product-compliance
Lightning Source LLC
Chambersburg PA
CBHW071327130726

47996CB00002B/659